Tage des Undenkbaren

von

M. R. B.

Kurze Einleitung

Die von mir in diesem Roman beschriebenen Orte entsprechen der Realität. Da ich in Hornberg geboren und aufgewachsen bin, die ersten 27 Jahre meines Lebens dort verbrachte, die Umgebung in und auswendig kenne - was mir beim durchspielen verschiedener Szenarien eine große Hilfe war - lag es für mich nahe, diesen und die umliegenden Orte für meinen Roman zu wählen.

Ich hoffe die Hornberger sehen es mir nach und freuen sich vielleicht auch ein klein wenig darüber, dass unsere Heimat in einen Roman eingebunden wurde.

Einige Erfahrungen die ich in meiner Kindheit und Jugend gemacht habe, wurden in die Handlung der erzählenden Person integriert, ansonsten sind alle im Roman beschriebenen Handlungen, Personen und Geschehen reine Erfindung, haben mit lebenden Personen absolut nichts zu tun und unterliegen der künstlerisch - kreativen Freiheit.

Vorworte

Geschrieben wurde dieses Buch nicht für eine bestimmte Person, "In Erinnerung an" oder wegen eines bestimmten, von mir oder anderen erlebten Ereignisses, sondern einfach nur weil mir seit Jahren die verschiedensten Dinge durch den Kopf gehen und ich nun endlich den Mut und die Zeit gefunden habe, diese Gedanken zu Papier zu bringen.

Mein Dank gilt auf jeden Fall meiner Tochter die nicht nur von Anfang an Probe- und Korrekturlesen durfte (musste), sondern mich dazu ermutigte und antrieb, das, was mir im Kopf umherging zu Papier zu bringen, die mir sehr geholfen und viel Geduld bewiesen hat. Dank auch an meine Mutter die mir mit ihrem Wissen und Ratschlägen zur Seite stand, meinem Vater - der leider nicht mehr unter uns weilt - von dem ich in meiner Kindheit sehr viel über die Natur gelernt habe, sowie auch meinen Schwestern, die wie meine Tochter probegelesen haben und mir damit halfen, alles einfach und sehr verständlich zu schreiben. Ich schreibe sehr gerne in Form eines Berichtes, als Erzählung oder Dokumentation ohne lange Monologe oder Dialoge.

Ein kleines Problem (denke ich zumindest) welches man als Autor hat, stellt sich in Form der Frage, wie Detailliert kann, darf und soll ich einzelne Teile der Geschichte erzählen, ohne dass Informationen fehlen - schlimmer noch - das ganze zu zäh, langatmig und somit langweilig wird, weil man sich in unnötigen Details verliert. Deshalb habe ich die Geschichte von Anfang an so gestaltet, dass ich nur gelegentlich und so kurz wie möglich Einzelheiten beschreibe, um dem Leser möglichst viel Freiraum für seine geistige Kreativität, seiner Vorstellungskraft zu lassen.

Da dies mein erstes veröffentlichtes - und vielleicht auch einziges - Buch ist bitte ich um Verständnis, wenn ich mit meiner Art zu schreiben ganze Galaxien von den bekannten Autoren entfernt bin und hoffe mein Stil gefällt dennoch.

Zum Bestseller - Autor werde ich sicher nicht werden, und das möchte ich auch nicht. Wenn ich es nur schaffe möglichst viele Menschen zu erreichen, zum Nachdenken und Diskutieren anregen kann, oder Sie einfach damit nur gut unterhalten werde, dann habe ich mein Ziel erreicht.

Ich bin in den 1960iger Jahren im Schwarzwald geboren, in der Zeit wo die Fernsehbilder Farbe erhielten, später die ersten einfachen Computer und Mobiltelefone für Normalsterbliche bezahlbar auf den Markt kamen. Konnte die Entwicklungen vom kleinen Schwarzweißfernseher mit Röhre bis zum riesigen digitalen Flatscreen mit ultrahoher Auflösung, vom allerersten XT - PC mit Disketten und kleinem Monochrommonitor bis zum ultra High End Tablet mit OLED - Display, vom großen fünf Kilo schweren tragbaren Telefon bis zur fünfzig Gramm leichten Smartwatch ebenso verfolgen, wie die Entstehung des zivilen Internet.

Für die Generationen vor mir ist die moderne Technik meist ein Buch mit sieben Siegeln, für die jüngeren wie meine Tochter, die damit von klein auf groß geworden sind, ist es nichts besonderes.

Ich finde die Entwicklung der Technik sehr interessant, und wenn ich mir vorstelle wohin uns das in den nächsten Jahrzehnten oder Jahrhunderten führt, dann bin ich irgendwo zwischen Panik und Glückseligkeit.

Glückseligkeit, weil ich mir sehr gut vorstellen kann wie hilfreich in der Zukunft die Technik für die Menschen durch die Vernetzung, durch neue Medizintechnik und für den Umweltschutz hier sein kann, und wird. Von der Möglichkeit irgendwann bemannt in die Weiten des Weltraums aufzubrechen, was ohne die Technik nie möglich sein würde ganz zu schweigen.

Panik, wenn ich mir vorstelle, dass eben diese Technik sich in jeder möglichen Form auch gegen uns wenden, uns in den Abgrund stürzen könnte.

Und ich spreche jetzt hier sicher nicht von einem Supercomputer und Maschinen, die in Terminator - Manier sich gegen die Menschheit wenden um diese zu vernichten, und ich spreche auch nicht von den Regierungen die hierdurch das gläserne Volk haben, jeder überwacht wird und jederzeit per Knopfdruck seiner Identität und Zukunft beraubt werden kann, weil er sich nicht so verhält wie gewünscht.

Und ich spreche auch nicht von den Kriminellen, welche die Technik und das Internet nutzen um Verbrechen zu begehen, von Terror und Raub über Erpressung bis zum Mord. Auch habe ich keine Angst, zumindest keine große, dass durch einen Kurzschluss oder eine Fehlfunktion ungewollt eine Rakete aus ihrem Silo starten, und dadurch den dritten Weltkrieg auslösen könnte. Ich weiß, dass alles zwei Seiten hat und versuche immer das Positive zu sehen.

Wenn uns irgendwann eine Regierung im Griff hat und unterdrückt, ist das wahrscheinlich genau die, welche wir selbst gewählt haben (wenn auch unwissend was da vielleicht im Hintergrund geplant war) aber dies lässt sich durch einen gesunden Aufstand beseitigen.

Und auch die Kriminellen haben eine positive Wirkung, denn um die Cyber - Kriminalität verhindern und aufklären zu können, sind wir gefordert unsere Technik und die Software immer weiter zu perfektionieren, was unter dem Strich wohl auch ein Vorteil sein wird.
Ich könnte jetzt sagen, klar, es ist eigentlich alles wie die letzten zweihundert Jahre, nur eben mit immer etwas moderneren Methoden. Wenn einer vor hundertfünfzig Jahren einen anderen erschlagen hat und wegen der Zeugen gelyncht wurde, war das auch nicht viel anders, als wenn einer vor hundert Jahren ohne Zeugen ein Verbrechen beging, dann aber anhand von Fingerabdrücken erwischt und gehängt wurde. Halsschmerzen hatten dann wohl beide kurzzeitig. Heute haben wir DNA Analysen, wodurch Verbrechen aufgeklärt und die Täter überführt werden können - nur die Folgen mit den Halsschmerzen sind weggefallen - und so geht es eben weiter, immer in einem gewissen Gleichgewicht.

Also alles gut ?

Ich könnte jetzt ja mit diesem Wissen und meiner Einstellung dazu in Zufriedenheit weiterleben, wenn, ja wenn da nicht etwas an mir nagen würde das mir zuflüstert "so wie wir Neues erlernen, verlernen wir die essentiellen Grundlagen, und das könnte eines Tages unser Ende sein".
Die Geschichte in diesem Buch könnte, obwohl rein fiktiv, zu jeder Zeit in irgendeiner Form harte Realität werden, wobei ich dafür bete, dass es nie geschehen wird.

Wir alle haben viele Ängste, durchdenken in den verschiedensten Szenarien all die Dinge, die uns bedrohen könnten, versuchen uns einen passenden Plan und dazu gleich noch einen Notfallplan zu erstellen. Einige arbeiten sogar noch Notfallpläne für die Notfallpläne aus.

Aber was tun wir wenn uns keine Alien angreifen, wenn keine Kometen auf uns zu rasen, uns keine Todesstrahlen aus dem All bedrohen, Erdbeben und Plattenverschiebungen das Leben schwer machen, die Sonne heißer wird, die Erde von der Sonne weg driftet und Kälte droht, Epidemien uns platt machen möchten, uns einige Terroristen oder andere Völker angreifen ?

Zu Alien, Katastrophen und ähnlichem, wurde schon viel geschrieben und verfilmt. Da gibt es immer eine Lösung, dort wird auch gleich immer ein Held mitgeliefert, passend zur Situation entweder mit Schusswaffen und mehr als genügend an Munition, Seuchenschutzanzug und Heilmittel, der rettenden Idee oder einem Notebook, auf welchem er die Rettung der Menschheit schon programmiert hat und nur noch den richtigen Anschluss für sein Datenkabel sucht. Und jedesmal, aber wirklich jedesmal wird der Held vom Volk bejubelt, die Armee staunt, und zum Schluss bekommt der Held seine Blondine als Belohnung und lebt dann glücklich und zufrieden....

- sorry, das musste jetzt einfach sein -

Aber was ist, wenn uns ein Ereignis trifft worauf man sich nicht vorbereiten kann, wo alle, aber auch wirklich alle betroffen und machtlos sind ?

Wo unsere Bundeswehr, die Polizei, Technisches Hilfswerk, Rettungskräfte wie das Rote Kreuz und andere Organisationen mit Sicherheit überfordert sind und nicht den Hauch einer Chance haben, das Chaos in den Griff zu bekommen? Was, wenn schlagartig und völlig unvorhersehbar von einem Wimpernschlag zum Anderen der absolute Wahnsinn ausbricht, und wir plötzlich ins finsterste Mittelalter abrutschen?

Was, wenn unsere Technik sich dadurch gegen uns wendet, in dem sie schlicht und einfach eine längere Zeit durch "Abwesenheit" glänzt ?

Kein Telefon, kein Funk, kein TV, kein Internet, kein Auto, nix mehr. Nichts, nothing, niente, nada, null, basta....!

Das geht dann drei, vielleicht auch vier Tage gut, weil die Menschen ja erst einmal mit der neuen Situation beschäftigt sind, zuerst einander helfen und darauf hoffen, dass die Lichter wieder angehen. Wenn jedoch nach ein paar Tagen ohne Strom und Informationen klar wird, dass keine Hilfe kommt, Nahrungsmittel knapp werden, keine Polizei gerufen werden kann, spätestens dann bricht die Ordnung zusammen und der Irrsinn beginnt.

Und sagen Sie jetzt nicht "Fiktion, unrealistisch, unmöglich".

Naja, sagen können Sie das schon, aber dann befassen Sie sich doch einmal damit, ob ich nicht doch ein klein wenig Recht haben könnte. Warum wohl lagern Regierungen alle möglichen Dokumente, unser gesamtes Wissen, unsere Kunst etc. in Form von analogem Material wie Mikrofilmen, welches mit einfachsten Mitteln wie einer Lupe und dem Tageslicht oder einer Kerze genutzt werden kann? Wo doch ein paar Mikrochip in Speichermedien, Festplatten oder DVD doch wesentlich weniger Platz benötigen würden und gleich ohne Aufwand im Regal abgelegt werden könnten.

Ganz genau, weil im Falle des Versagens unserer kompletten modernen Technik jene Menschen, die das zweifelhafte Glück haben zu überleben, die Bunker zu finden und irgendwie hinein zu gelangen, wenigstens die Chance haben sollen auf dem bislang vorhandenen Wissen anschließend unsere Kultur wieder aufzubauen, und etwas über die vergangene Kultur des Landes und der Welt zu erfahren.

Und das muss dann mit einfachsten Mitteln gehen, denn ohne Energie und Technik ist auch nichts mehr drin mit Speicherstick oder DVD auslesen und auf dem Flatscreen ansehen.

Und falls Sie es noch nicht wussten: Es gibt auch unterirdische Bunker, in welchen unzählige Tonnen an Saatgut gelagert sind die ständig geprüft und erneuert werden, nur für den Fall der Fälle.

Diese Zeilen sollen zum Nachdenken anregen über unsere Gesellschaft, das eigene Leben und das was uns so wichtig erscheint, über unsere Abhängigkeit von der Technik.

Das Buch soll Gedanken liefern wie sich jeder Einzelne ohne großen Aufwand an Zeit und Kosten in einem gewissen Maße auch selbst auf bestimmte Ereignisse vorbereiten kann.

Es stellt sich die Frage, ob es nicht vielleicht doch viel wichtiger wäre, unseren Kindern statt eines Smartphone erst mal Spaten, Rechen, Setzlinge und Saatgut in die Finger zu drücken, und auch in ein bis zwei Schuljahren die Kinder mit dem nötigsten Wissen und den Grundlagen zu versorgen über das Leben in, mit und von der Natur.

Ich wünsche viel Spaß beim lesen und eine gute Zeit.

Der Anfang

Viele Geschichten beginnen mit "Es war einmal", "Es geschah eines schönen Tages", "Mitten in der Nacht", "Es war stürmisch..." oder einem der vielen anderen Sprüche die es so gibt.

Aber es war ein Tag wie jeder andere, und deshalb möchte ich auch so beginnen. Es war wirklich ein ganz normaler Tag, ich glaube ein Montag oder ein Dienstag, im Prinzip ist das auch nicht mehr wirklich von Bedeutung, aber ich weiß noch, dass ich arbeiten war.

Um eine klare Linie zu schaffen und um später bis ins Detail meine Geschichte, sowie die der Anderen, die zu mir gefunden haben erzählen zu können ohne mich in Zeitsprüngen und Erklärungen zu verlieren, sollte ich vielleicht gleich zu Beginn erzählen wer ich bin, wie ich tickte und was geschah.

Also, kurz zu mir. Geboren bin ich im Sommer 1964 in einem recht kleinen Ort mit etwa viertausend Einwohnern im Schwarzwald. Genauer gesagt in Hornberg im Kinzigtal, wo ich schon als kleiner Steppke bis in meine Jugendzeit mit Freunden nach der Schule, an Wochenenden und in den Ferien ringsum viel durch die Wälder gestreift bin.

Wir haben Hütten und Verstecke gebaut, Pilze getrocknet, Beeren gesammelt, Wild beobachtet und all die anderen Dummheiten gemacht, die man halt damals so gemacht hat.

Meine Eltern waren einfache und anständige Leute, die es mit mir sicher auch nicht immer leicht hatten. Geschwister habe ich keine, aber über meine Familie möchte ich mich hier nicht auslassen, denn es geht um das, was vor einem dreiviertel Jahr geschah, vielleicht um Fehler die in unserer Gesellschaft und in der Bildung gemacht wurden, weshalb viele starben, noch viel mehr sterben werden, einige noch leben, aber nicht um meine Familie.

Vor dem Wahnsinn, der vor neun Monaten los brach, haben viele nur für sich mit dem Internet und der Technik gelebt, sowas hatten wir in unserer Jugend nicht, da ging man noch "raus" zum spielen.

Vor dem Chaos war man auf der Jagd nach Likes bei Facebook und Co., heute jagt man auch wieder, aber eher doch so, wie der erste Neandertaler nach etwas Essbarem um nicht hungern zu müssen, und viele - sehr viele - versagen dabei, weil ihnen die moderne Gesellschaft, Internet, Facebook, Whatsapp & Co. nicht gezeigt haben, was die Grundlagen des Lebens sind.

Auf dem schön gemähten Rasen hinter dem Haus in der Sonne zu liegen und mit Freunden zu chatten, die Lebensmittel beim nächsten Discounter zu kaufen oder gar alles was möglich war online zu bestellen und gleich anliefern zu lassen, anstatt selbst Grundnahrungsmittel anzubauen, oder sich auch nur ansatzweise einmal damit zu beschäftigen - wenn auch nur als Hobby - war ja viel cooler als mit den Händen im Garten zu arbeiten, da konnte man sich ja schmutzig machen oder gar einen Fingernagel abbrechen.

Ein schön gemähter Rasen mit schönen Zierpflanzen wirkt ja auch viel eleganter als ein Beet mit Salat oder Kohl, und macht auch wesentlich weniger Arbeit. Das Leben musste nicht mehr praktisch, sondern schön, modern und zeitgemäß sein.

Heute muss ich sagen, zum Glück hatten wir in meiner Kindheit wenig bis keine Technik und sind raus zum Spielen, denn das, was ich damals in meinem Elternhaus mitbekommen, beim Spielen im Wald spielerisch gelernt und mir in späteren Jahren zusätzlich selbst angeeignet habe, hat mir und den anderen hier sehr wahrscheinlich den Arsch gerettet, zumindest einmal auf jeden Fall das Leben erheblich erleichtert.

Klar, sehr viel Glück hatten wir auch, ohne Glück geht es nicht, aber ich hatte eine gute Grundlage auf der wir aufbauen konnten.

Als Kind und Jugendlicher habe ich auch viel im eigenen Garten geholfen, und ja ich gebe es zu, helfen müssen trifft es eher, aber heute bin ich froh dieses Wissen zu haben.

Aus der Hauptschule heraus, habe ich dann eine handwerkliche Lehre gemacht, ich interessierte mich für schnelle Fahrzeuge, die Natur, Survival - Filme und Geschichten über das Überleben in der Natur, und ja, natürlich auch für Mädchen.

Damals gab es noch keine Mobiltelefone, wir hatten CB - Handfunkgeräte mit ein bis zwölf Kanälen und einen Mordsspaß damit. Das Wissen, dass es nicht nur für jedes Essen ein passendes Gewürz und leckere Kräuter gibt, sondern auch für alles Mögliche ein Heilmittel in der Natur gefunden und zubereitet werden kann, fand ich schon immer interessant.

Dazu gehört natürlich auch, zu wissen wovon man die Finger weg lassen muss. Ein gesundes und natürliches Verhältnis zur Natur, dem Leben und leben lassen, bzw. dem Töten und das Getötete zuzubereiten, hat mir wohl unwissentlich unter anderem auch mein Großvater vermittelt der Hasen gezüchtet hat, wobei der eine oder andere Hase auch selbst geschlachtet und auf den Tisch gebracht wurde.

Versteht mich jetzt nicht falsch, damals war das normal, viele in der Nachbarschaft hatten Hasen, Hühner oder Tauben, und ich habe selbst nie einen der Hasen angerührt, außer zum füttern und streicheln, aber man hat als Kind das eben alles rundum so mitbekommen. Ich liebe Tiere und würde niemals einem Tier Leid zufügen oder es gar töten, wenn es nicht wirklich unbedingt sein muss um selbst überleben zu können, und zum Glück musste ich das auch nie, bis jetzt.

Die Nahrungsmittel die bislang gelegentlich noch zu finden waren werden knapp und eine ungemütliche Jahreszeit steht bevor. Im Gegensatz zu vielen anderen geht es uns recht gut. Ich bin nicht mehr alleine und verspüre eine Verantwortung für jene, die zu mir gefunden haben. Dazu aber später mehr.

Nach meiner Lehre hatte ich viele wechselnde Jobs, von der Gastronomie über das Fahren von LKW bis zu Tätigkeiten in einer Metallfabrik, einer Schreinerei und anderen Unternehmen. Beinahe überall habe ich sehr viel Praktisches gelernt.

Oder anders gesagt, ich war sprunghaft und alles andere als beständig, aber dafür auch kein Fachidiot der die schwierigsten mathematischen Formeln im Kopf erstellen kann, aber unfähig ist einen Nagel einzuschlagen, eine Glühbirne zu wechseln oder einen Eimer mit Wasser umzukippen.

Kurz - ich war wohl wie alle anderen auf dem Planeten auch, irgendwo zwischen einem Genie und einem Wahnsinnigen.

Irgendwie war ich vielleicht schon immer ein Eigenbrödler, ich ging selten mit Freunden oder Arbeitskollegen weg. Das lag mir einfach nicht, hatte lieber meine Ruhe. Ich ging meiner Arbeit nach, weil von irgendwas musste man ja Leben, und wenn man anders lebte als es die Gesellschaft erwartete und einem vorgelebt wurde, stand man ganz schnell außerhalb und wurde entsprechend abgestempelt.

Obwohl mir der technische Fortschritt sehr gut gefiel, mich geradezu schon faszinierte, ich mich dafür interessierte und mich damit beschäftigte, hatte ich auch immer ein ungutes Gefühl, da mir immer Dinge durch den Kopf gingen wie "was ist wenn die Technik versagt", und "irgendwann rächt sich der Fortschritt", "was wenn die Kernkraftwerke doch nicht sicher sind" oder "verlassen wir uns nicht zu stark auf die Technik" ?

Klar, man könnte nun meinen ich war einfach ein Schwarzseher, ein Pessimist, oder was auch immer, vielleicht war ich das ja, auch wenn ich mich selbst nur für vorsichtig, bedacht und gerne für "auf alles vorbereitet" hielt. Oft genug hegte ich selbst den Verdacht, dass ich vielleicht nicht ganz richtig ticke.

Heute weiß ich, dass das was ich über mich dachte oder andere über mich dachten so brauchbar ist wie ein gebrochenes Bein, aber, dass es uns zugute kam wie ich dachte und dass ich, wenn auch unbewusst, auf meine innere Stimme gehört hatte. Ob man meine Art zu leben nun Vision, Vorsehung, Schicksal, Glück, Bestimmung oder einfach nur Zufall nennt, ist so wichtig, wie wenn in China ein Sack Reis umfällt.

Irgendwann - ich war so um die 35 - hatte ich die Gelegenheit einen kleinen alten Hof, mitten im Wald über Hornberg mit ein wenig Grund zu erwerben. Dort konnte ich in Ruhe leben wie es mir gefiel, wenn ich nicht arbeiten war, hielt ich mich viel am Hof und in der Natur auf, beschäftigte mich mit der Natur, mit Heilkräutern, sammelte mehr aus Spaß und weil es lecker war, Beeren und Pilze. Übte mit Pfeil und Bogen bis ich ein ganz brauchbarer Schütze war, legte mir nach Art der Irren auch abseits vom Hof und gut geschützt ein Versteck an, wohin ich mich "was da auch immer kommen möge, oder auch nicht" zurückziehen könnte und nicht so schnell gefunden werden würde.

Mit Schusswaffen hatte ich nie viel am Hut, von einem benötigten Waffenschein ganz abgesehen, zu schwer, zu laut, zu anfällig und zu auffällig. Im Fall der Fälle könnte man sich einen Bogen selbst bauen, Pfeile fertigen geht auch, aber wie bitte soll man sich selbst Munition für Schusswaffen machen ? Solche Gedanken hatte ich und wie Sie noch sehen werden, wurde auch alles von allen Seiten betrachtet und anschließend als brauchbar, oder eben nicht brauchbar bewertet.

Da ich einerseits ja nicht auf die Technik vertrauen wollte, aber mir gleichzeitig schmerzlich bewusst war wie wichtig diese sein könnte, bunkerte ich neben sehr lang haltbaren Lebensmitteln auch Funkgeräte, Batterien, Solarpanel, PC, Kabel und was man sonst noch so brauchen kann. Und nein, ich war sicher kein Messi, ich war ordentlich, bei mir war aufgeräumt und ich hob auch nicht jeden Scheiß auf weil man ihn irgendwann einmal vielleicht noch brauchen könnte. Irgendwann kam auch der Gedanke hinzu "was wenn es einen EMP gibt"? Also war alles was mit Elektrik und Elektronik zu tun hatte nicht einfach nur zu bunkern, sondern auch so weit als möglich vor einem Elektromagnetischen Impuls gesichert zu lagern.

Ich legte mir nun also entsprechend meiner eigenen

Richtlinien auch einen uralten Geländewagen zu, "nur für den Notfall", einen Diesel mit normaler Gangschaltung, den man zur Not auch anrollen lassen und mit allem möglichen wie Diesel, Heizöl oder auch Salatöl am Laufen halten konnte. Eine Zulassung brauchte man für einen Wagen der nur herumstand ja nicht, er diente ja nur als eiserne Reserve und wurde einmal im Monat geprüft und laufen gelassen.

Das Wenige, was an Elektronik verbaut war wurde entfernt, denn einen Geländewagen EMP sicher in eine Kiste packen geht nun mal nicht, aber als Reserve Relais, Leuchtmittel, Sicherungen, Anlasser, Lichtmaschinen, Kraftstoffpumpen sowie Batterien konnte man sicher verpacken. Wenn man so Allerlei hat, muss man auch so Allerlei regelmäßig prüfen und wenn nötig erneuern um immer abgesichert zu sein.

Klar, auf einen Hof und zu einem gepflegten Wahnsinn gehören entsprechend auch ein paar Tiere.

Da hätten wir zwei Pferde, Haflinger, die man zur Not reiten konnte wenn der alte Wagen doch nicht laufen sollte, und zwei deshalb, weil sich zum einen eines vielleicht einsam gefühlt hätte, und wenn man nur eines hat und dieses eine stirbt - warum auch immer - man keines mehr hat als Reserve. Diverse andere Tiere wie Rinder, Schafe, Hasen und Hühner, denn eine Wiese abgrasen lassen macht weniger Arbeit als mähen, frische Eier sind auch nicht zu verachten, und da wäre auch noch der Faktor Fleisch, nur für den Fall der Fälle.

Und ein Hund als treuer zuverlässiger Freund und Begleiter, der auch als Alarmanlage dienen könnte. Dieser Hund, auch Hund gerufen, lief mir irgendwann vor ungefähr zwei Jahren zu, war einfach morgens als ich zur Arbeit wollte vor meiner Tür, wollte wohl bleiben und blieb dann auch. Er wurde nie irgendwo vermisst, war weder gechipt noch tätowiert. Irgendwie war der Hund wohl fast noch seltsamer als ich, denn um "Hund" zu beschreiben trifft es wohl am besten zu sagen, er war grob geschätzt 4 Jahre alt - die Meinung des Tierarztes -, seitens Größe und Körperbau wie ein großer deutscher Schäferhund. Farbe und Fellstruktur waren jedoch teilweise ungewöhnlich für Schäferhunde und wechselte - je nach dem ob Sommerfell oder Winterfell - von längerem, fast grauem Haarkleid im Winter zu kurzem Fell mit gekräuselten Locken und typischen Farben für Schäferhunde im Sommer, und erinnerte daher (im Winterkleid) manchmal fast schon an einen Wolf, ein unglaublich toller, eigensinniger, aber auch starker Charakter. Ansonsten lebte ich mein Leben wie alle anderen auch, ging arbeiten und gelegentlich einmal mit Kollegen oder Freunden auf Tour. So, nun sollten Sie das Nötigste über mich wissen.

Ach ja, eine Kleinigkeit noch, ich bin Christian. Und nein, weder ich noch einer von uns hat die Welt gerettet.

Vor neun Monaten, zum Glück in dem Moment als der Winter vorbei und die Temperaturen schon brauchbar waren, geschah das Undenkbare. Von einem Augenblick zum Anderen ließ uns die Technik, das, worauf inzwischen ja unser ganzes Leben basierte, im Stich. Die so unverzichtbar gewordene Energie glänzte nun durch Abwesenheit und der Wahnsinn begann.

Ein halbwegs sicheres Zuhause

Das Unglaubliche geschieht

Ich kann mich noch recht gut daran erinnern. Ein paar Tage bevor die Lichter ausgingen, gab es eine Dokumentation im Fernsehen zu dem Thema Polverschiebungen oder Polumkehr der Erde, und zu den neuesten wissenschaftlichen Fakten dazu.

Dieses Thema wurde wie viele andere Dinge auch in den Nachrichten kurz aufgegriffen und es gab auch kurze Berichte in den Tageszeitungen. Es war sonst eben alles wie immer, in den Nachrichten und Zeitungen die üblichen Aufreger über politisches, die Promi - News, Raub, Unfälle, Einbrüche, Wetter, Tagesgeschehen, sie können sich wahrscheinlich noch daran erinnern wie das damals war.

Die Doku war eine unter Tausenden und besagte eigentlich nur, dass nun durch einige Wissenschaftler nachgewiesen wurde, dass in der Vergangenheit wohl alle zehntausend bis hunderttausend Jahre eine Polumkehr stattgefunden habe, manchmal auch in kürzeren Abständen, warum, weshalb oder wieso, konnten die Forscher jedoch auch nicht sagen.

Es standen die Fragen im Raum wie die Tiere, die sich an den Magnetfeldlinien orientierten damit klar kommen würden, und ob sich das irgendwann in Zukunft auch auf die Menschen und die Technik auswirken würde. Zum ersten Punkt gab es natürlich nur Vermutungen, denn keiner wusste ja wirklich, wie Tauben und andere Tiere das genau nutzten, zum zweiten Punkt waren sich jedoch alle einig, dass dann unsere gesamte Technik, also die Satelliten, unsere Smartphones und die Navigationsgeräte nur entsprechend umprogrammiert werden müssten, damit die Richtungsangaben wieder passen würden.

All dies würde wohl auch ganz schnell gehen per Softwareupdate, ganz gleich ob Satelliten, das Navi im Auto, im Smartphone oder die Navigation auf hoher See, alles würde innerhalb von Minuten, höchstens ein paar Stunden wieder richtig arbeiten und mehr könne hier nicht passieren. Einzig normale, mechanische Kompasse müsse man entweder in die Tonne klopfen oder eben bei der Nutzung umdenken um die Richtung zu finden.

Eventuell, vielleicht, wahrscheinlich aber eher dann doch nicht, bestünde die wage Gefahr, dass während solch einer Polumkehr das Erdmagnetfeld schwächer werden und deshalb vielleicht nicht den vollen Schutz bieten würde gegen Strahlungen und Sonnenwinde aus dem All. Aber das könne nur zum Problem werden, wenn zeitgleich extrem starke Sonnenwinde auf die Erde zukommen würden. Ansonsten gäbe es vielleicht für alle auf dem Planeten die Polarlichter bis zum Äquator hin zu sehen, was dann ja auch ein spektakuläres Erlebnis wäre.

Dies würden unsere und folgende Generationen jedoch nicht mehr erleben, denn nach den aktuellen Berechnungen würde zwar das Magnetfeld seit Jahren etwas schwächer, aber bis zur Polumkehrung ginge es grob geschätzt noch tausend Jahre und bis dahin wäre die Menschheit mit ihrem Wissen wahrscheinlich schon so weit, mit einem künstlichen Magnetfeld oder neuer Weltraumtechnik drohende Gefahren abzuwenden. Schließlich waren wir schon mehrfach auf dem Mond, sind seit Jahren in der Umlaufbahn präsent, haben Satelliten und planten bemannte Flüge zum Mars. Wer wüsste heutzutage schon, was künftige Generationen dann alles zur Verfügung haben würden, wovon wir noch nicht einmal träumen würden.

Nur mal so ganz kurz als Erinnerung zum aktuellen Stand der Wissenschaft:

Wie es im Erdinneren genau aussieht und wie alles funktioniert weiß ja keiner so wirklich, dazu gibt es wohl mehr Meinungen als Wissenschaftler. Fakt scheint, dass der Erdkern heiß und metallisch ist, sich dreht - warum auch immer - und wie ein gigantischer Dynamo wirkt, also Energie erzeugt und so das Magnetfeld aufbaut, welches uns schon seit Jahrmillionen schützt.

Dummerweise haben unsere schlauen Köpfe zwar herausgefunden, dass das Magnetfeld unserer Erde kontinuierlich schwächer wird, scheinbar jedoch nicht berücksichtigt, dass ein Dynamo auch Spannungsspitzen erzeugen kann. Eventuell wusste man es ja auch, hatte jedoch keine großen Gefahren gesehen, oder man ahnte etwas, war sich bewusst, dass dies ein unlösbares Problem geben und alles ins Chaos stürzen würde, und hatte deshalb den Mund gehalten um keine Ängste auszulösen.

Kurz: Die Natur und die Technik wurden uns zum Verhängnis.

Am Tag X drehte sich der Dynamo in unserem Planeten scheinbar nicht ganz so wie er sollte und wir es seit jeher gewohnt waren, kam irgendwie ins Stolpern oder hatte Blähungen, rülpste oder furzte zwischendurch ein paar mal kurz, was dann einige echt gigantische elektromagnetische Impulse hervor brachte, die uns global trafen und uns das Licht und unser gewohntes Leben nahmen, bevor er wieder klaglos seinen Dienst wie zuvor verrichtete.

Nichts ging mehr. Weltweiter Stillstand. Je nach Land und Zeitzone gingen die Lichter aus und es gab sofort eine bedrohliche Dunkelheit, andere wie uns traf es bei Tageslicht, und was es bedeutete kein Licht mehr zu haben, lernten wir dann Stunden später auch. Wenige noch laufende Maschinen, kaum noch fahrbereite Fahrzeuge, keine Nachrichten und auch keine Kommunikation.

Die Impulse waren derart heftig, dass geschätzte neunundneunzig Prozent der zivilen sowie beinahe fünfundneunzig Prozent der militärischen Technik unbrauchbar waren, und gingen so weit ins All hinaus, dass sogar unsere Satelliten und die Internationale Weltraumstation - die ISS - sofort lahm gelegt wurden und diese nun unkontrolliert und nicht mehr steuerbar in der Umlaufbahn ihre Kreise ziehen werden, bis sie uns dann irgendwann auf den Kopf fallen oder in die unendlichen Weiten des Weltall abdriften.

Am besten waren bestimmt all jene dran, die wir bislang nur als "Dritte Welt Länder" oder auch als "Entwicklungsländer" bezeichnet haben, denn was man nicht oder nur gelegentlich hat, kann man auch nicht wirklich vermissen, das Leben ohne Strom und Technik traf diese Länder kaum.

Indigene Völker die noch ohne jeglichen Kontakt zur Zivilisation und weit abseits für sich in den Urwäldern leben, bekamen das Ganze sehr wahrscheinlich noch nicht einmal mit und wunderten sich nun bestenfalls darüber, dass die silbernen und lärmenden Vögel am Himmel verschwunden waren.

Die reichen Nationen, die Industrieländer, hatten jedoch bei dieser Aktion der Natur eindeutig die rote Karte bekommen.

Der Tag X war am Anfang einer Arbeitswoche, Montag oder Dienstag, Ende März. Der Winter war recht kurz gewesen und der Frühling kam in diesem Jahr scheinbar ungewöhnlich früh, was sich dann im Nachhinein als kleiner Bonus im Überlebenskampf herausstellte. Es war sonnig und recht warm. Wir hatten vierzehn Uhr, eben Feierabend, und gingen gerade aus der Fabrik heraus in der wir arbeiteten in Richtung Parkplatz zu unseren Wagen.
Der schnellste von uns hatte schon seinen Wagen gestartet und wollte in sportlicher Manier los fahren, als der Motor ausging und wir uns kurz darüber lustig machten.
Das Lachen verging uns, als wir in unsere Fahrzeuge einsteigen wollten und auf den so alltäglichen Druck auf die Fernbedienung kein Piepsen und Klacken von unseren Wägelchen als Antwort bekamen, keine Blinker blinkten, keine Kontrolleuchten leuchteten und nach dem mechanischen Öffnen per Schlüssel ließ weder die Zentralverriegelung die gewohnten Geräusche verlauten, noch irgendwas am Wagen summte, brummte oder klackte wie man das gewohnt war. Stille.

Ich denke die meisten waren so verwirrt wie ich, zumindest jene auf der Erde. Die Piloten in den Flugzeugen dürften eher gleich Panik geschoben haben. In der Fantasie stellt man sich vieles vor, da denkt und reagiert man ganz schnell, weiß wo der Hase lang läuft und was zu tun ist, in der Realität sieht das dann aber ganz anders aus.

Dass ein Auto einmal streikt war normal, aber dass mehrere gleichzeitig tot waren, brachte uns dann doch recht schnell ins Grübeln, und was dabei heraus kam, wollten wir einfach nicht wahr haben. Nach mehreren Blicken die Straßen rauf und runter hatten wir die Bestätigung die wir eigentlich nicht wollten, eben, dass es sich hier nur um einen EMP handeln konnte.

Nur, woher kam dieser ?

Wir dachten an Krieg, eine Atombombe die irgendwo losgegangen sein konnte, oder an einen Unfall in einem Kernkraftwerk, wobei wir nicht wussten ob dies auch einen EMP auslösen konnte. Da der Himmel jedoch gleich aussah wie die letzten Minuten und den ganzen Tag, schlossen wir eine Bombe erst einmal aus, was uns irgendwie auch erleichterte, denn wie sollte man sich da vor Strahlung und radioaktivem Niederschlag schützen?

Aus einigen technischen Geräten, Smartphones und Autos stiegen kleine Rauchwölkchen auf, einige Akku wurden überlastet, heiß und brannten, die meisten Dinge unseres täglichen Lebens quittierten jedoch einfach still und leise im Bruchteil von einer Sekunde ihren Dienst.

Überall stand der Verkehr still, Menschen stiegen aus ihren Fahrzeugen, sie standen ratlos auf den Straßen herum und versuchten mit nun toten Telefonen zu telefonieren. Auch die gewohnte Geräuschkulisse der Firma aus welcher wir eben gekommen waren, war verdächtig still. Viele Menschen, die das mit den Autos und dem liegengebliebenen Verkehr nicht mitbekommen hatten, bei denen zu Hause oder im Büro nur der Fernseher, der Computer oder Telefone versagten, dachten logischerweise erst einmal an ein defektes Gerät, eine defekte Sicherung oder einen ganz stinknormalen Stromausfall der ja immer mal vorkommen konnte.

Manche hatten vielleicht im ersten Moment auch ein schlechtes Gewissen, weil die letzten Rechnungen vom Stromanbieter oder Provider noch nicht bezahlt waren und dachten an das für sie Schlimmste, dass sie nun gesperrt worden waren. Dass es noch viel schlimmer sein konnte bemerkten diese Leute dann aber auch recht zeitnah.

Man kam sich vor wie in einem dieser Hollywood - Blockbuster die man für total übertrieben hält, überall stehen oder laufen Menschen völlig planlos umher, steigen aus ihren Fahrzeugen aus die jetzt zu Standzeugen mutiert sind und man denkt "ich bin im falschen Film", alles wirkt so unrealistisch, dass man an einen Traum denkt aus dem man aufwachen möchte, bis man dann dadurch von der Realität eingeholt wird, dass die Stille und das Gemurmel der Menschen ringsum von Geräuschen durchbrochen wird, die man nicht oder nur aus Filmen kennt, als die ersten Flugzeuge auf der Erde einschlagen.

Nicht, dass es Hornberg selbst getroffen hätte, da hatten wir richtig Glück, denn da der Schwarzwald nicht so dicht besiedelt ist, auch keine großen Flughäfen hat, stürzten hier weniger Flugzeuge ab und verursachten weniger Schäden und Chaos als in anderen Regionen.

Im Umkreis von vielen Kilometern blieb man von solchen Tragödien verschont. Hier rauschten nur zwei kleine Sportmaschinen über das Tal - kaum von jemandem bemerkt -, eine schlug irgendwo in einen Wald ein, die zweite schaffte eine Notlandung auf einer Wiese. Dies erfuhren wir aber wie vieles andere erst Tage und Wochen später.

Tatsache ist, dass sich unglaublich viele Flugzeuge ständig im Luftraum befanden. Ich glaube einmal was gelesen zu haben, dass im Jahr 2014 und nur über Deutschland, rund drei Millionen große Maschinen von der Flugsicherung abzufertigen waren.

Das waren rund neuntausend jeden Tag, mehrere hundert jede Stunde. Hinzu kamen wahrscheinlich noch einmal so viele - wenn nicht mehr - kleinere Privatmaschinen und Charterflüge, die Helikopter zum Beispiel von der Bundeswehr, der Polizei, von Rettungsdiensten und den zivilen Dienstleister, die dann wie tote Vögel vom Himmel fielen.

Die Vorstellung, dass eine Maschine abstürzt ist schon der Horror, aber innerhalb sehr kurzer Zeit geschätzte achthundert bis tausend Maschinen, sprengt einfach jede menschliche Vorstellungskraft.

Da ich direkt um mich herum nur verwirrte aber gesunde Menschen sah und ich ja auch nicht helfen konnte, nahm ich also die wichtigsten Sachen aus meinem Wagen und machte mich auf den Heimweg der lange genug sein würde, denn ich hatte einige Kilometer Weg vor mir, und das meiste davon steil

die Hänge hoch. Für den Heimweg wollte ich mir wenigstens noch eine kleine Wegzehrung und etwas zu trinken besorgen. Und da erkannte man schon die nächsten Probleme. Glücklicherweise hatte ich noch nie viel für Kreditkarten über und hatte lieber Bargeld bei mir.
Bei einigen Geschäften gingen die Türen nicht auf, weil diese ja elektrisch betrieben wurden, da waren die Menschen erst mal ein oder ausgeschlossen und mussten dann über Notausgänge hinein und hinaus. Die Verkäufer konnten ohne Kassensysteme die Einkäufe natürlich nicht verbuchen und abkassieren und wollten deshalb erst einmal nichts verkaufen.
Man machte Ausnahmen bei Kleinigkeiten die passend in bar bezahlt werden konnten, und der Verkauf wurde von Hand notiert. Größere Posten machten zu viel Aufwand und es wurde einem gesagt, man solle doch kurz warten bis der Strom wieder da sei oder morgen noch einmal vorbei kommen und entschuldigte sich ständig bei den Kunden für die Unannehmlichkeiten, obwohl sie ja nicht schuld daran waren.
Gleiches Problem hatten die Personen, die zwar nur Kleinigkeiten brauchten, aber eben nur bargeldlos bezahlen konnten. So schlurfte ich also durch die halbdunkeln Regalgänge, nahm mir eine Tüte mit Brötchen, ein paar Landjäger, Müsliriegel und Wasser, rechnete im Kopf die Preise ganz grob zusammen damit ich einigermaßen passend zahlen konnte, ging zur Kasse, gab der Kassiererin einen fünf Euro - Schein und schenkte ihr die restlichen paar Cent, da Wechselgeld ja eh nicht verfügbar war, und machte mich auf den Weg.
Ich lief vom Lebensmitteldiscounter aus rund zwei Kilometer der Straße entlang, wo sich überall das

gleiche Bild zeigte, von stehenden LKW, PKW und sonstigen Fahrzeugen, von ratlosen und fluchenden Menschen, und sah kurz bei meinen Eltern vorbei um zu sehen, ob alles in Ordnung war.

Da beide wohlauf, zufrieden und gut versorgt waren machte ich mich mit dem Versprechen auf den Weg, dass ich mich am nächsten Tag wieder melden würde. Gerne wäre ich über Nacht bei meinen Eltern geblieben, denn das hätte mir viel laufen erspart, aber ich musste ja auch an die Tiere zu Hause denken die gefüttert, versorgt und betüttelt werden wollten.

Keine zweihundert Meter von meinem Elternhaus entfernt ging ein Weg ab, der mich über eine Wiese und kleine Wege direkt zum Wald und in Richtung meines Zuhauses brachte. Ich lief die folgenden zwei Stunden langsam die steilen Wege den Berg hoch, verzehrte nebenbei was ich mir mitgenommen hatte und verfluchte mich beim Laufen selbst, weil ich in letzter Zeit zu viel mit dem Auto fuhr anstatt zu laufen und zu wenig Sport trieb, was sich nun rächte. Das Rauchen tat wohl sein übriges dazu, aber nach etwa zwei Stunden war ich, wenn auch leicht verschwitzt und außer Atem, zu Hause.

Ich öffnete die Haustür und wurde gleich stürmisch von meinem Hund begrüßt, schaffte es auch noch im Halbdunkel der hereinbrechenden Nacht die Tiere zu versorgen, denn die eine oder andere Taschenlampe die ich im vorbeigehen zur Hand nahm, wollte nicht mehr leuchten. Nach getaner Arbeit nahm ich mir einen Korb voll Brennholz, feuerte den Kachelofen an damit die Stube warm wurde, brachte Licht mit einigen Kerzen in die Wohnung, legte mich dann in gewohnter Art auf die Couch und griff mir die Fernbedienung um die Nachrichten anzusehen, als

mir wieder klar wurde, dass das nun nicht mehr funktionieren würde.
Aber als Mensch hat man scheinbar immer irgendwie Hoffnung und drückt dann eben - trotz besseren Wissens - doch auf die Fernbedienung.
Nach dem ich müde wurde, löschte ich die Kerzen, saß da im Dunkel und dachte über das Geschehene nach, machte mir in Gedanken einen Plan was ich den nächsten Tag alles machen wollte, versuchte mir vorzustellen wie es nun wohl weiter gehen würde und lauschte der Stille. Mein Hund sprang zu mir auf die Couch, kuschelte sich an mich und erwartete die üblichen Streicheleinheiten. So weit abseits war es eigentlich immer still, aber dennoch hörte man sonst gelegentlich einmal ein Flugzeug, irgendwo ein Auto, eine Hupe, aber diese Nacht nicht.

Funktioniert und wärmt auch ohne Strom.

Die ersten Tage danach

Irgendwann muss ich wohl beim grübeln und denken eingeschlafen sein, ich erwachte als es hell wurde. Mir war kalt, meine Beine schmerzten vom gestrigen Gewaltmarsch, und der Rücken, weil ich recht krumm und verbogen gelegen sein musste, oder weil der Hund noch halb auf meinem Rücken lag. Noch im Halbschlaf war mein erster Gedanke, super, hast voll verschlafen, musst gleich im Betrieb anrufen und mitteilen, dass du später kommst.

Der zweite Gedanke war, dass das weder möglich noch nötig war, weil mir der vergangene Nachmittag wieder in Erinnerung kam, und im Betrieb hatte man jetzt sicher ganz andere Probleme wie das nicht vorhanden sein einiger Mitarbeiter.

Nachdem ich mich auf die Beine gequält hatte ging ich wider besseren Wissen zum Lichtschalter und spielte daran herum, an - aus - an - aus, versuchte das Radio einzuschalten, ging in die Küche und hoffte darauf, dass wenigstens durch ein kleines Wunder die Kaffemaschine mich nicht im Stich lassen und heute - ausnahmsweise - auch mal ohne Strom laufen würde, aber es war der Kaffemaschine scheinbar völlig gleichgültig, auf was ich hoffte.

Alles war so tot wie ein Stein. Mir blieb nun nichts anderes übrig als der alten Kaffemaschine einen missmutigen Blick zuzuwerfen und den Holzherd anzuheizen, um so zu heißem Wasser und einem Kaffe zu kommen.

Eine Stunde später, nach dem ich richtig wach, aufgewärmt und brauchbar war, sah ich zuerst nach den Tieren und machte mich an die Arbeit einen Schlachtplan zu entwerfen über mein Vorgehen die nächsten Tage und falls nötig, auch Wochen.

Da meine Beine vom gestrigen Tag noch schmerzten und ich in die Stadt runter wollte war für mich klar, dass dies nicht zu Fuß geschehen sollte. Mein erster Gedanke führte mich nun folglich zu meinem alten Geländewagen um zu sehen ob er starten würde. Hin, Haube auf, schnell die Batterie angeschlossen, Zündschlüssel gedreht, tot. Also zurück ins Haus um die Schlüssel für die Kellerräume aus ihrem Versteck zu holen.

Der Hof war im vorderen Bereich unterkellert mit zwei Zugängen von außen. Das eine Gewölbe war früher der Milchkeller gewesen, das andere Gewölbe war der Keller für Kartoffeln und Eingemachtes. Auf alles vorbereitet wie ich immer sein wollte, war das eine Gewölbe belassen wie es war, jedoch durch einen kräftig verankerten Türrahmen aus Stahl und einer dazu passenden und ebenso stabilen Stahltür und guten Schlössern ausgestattet, was man durch die Verkleidung mit altem Holz auf den ersten Blick jedoch nicht erkennen konnte.

Hier lagerte ich weiterhin meine Lebensmittel, ein großer Vorrat von lange haltbaren Waren, wo man ohne Probleme Monate damit leben konnte. Abseits auf dem Land lebte man nicht ohne gewisse Reserven, denn in einem schneereichen Winter konnte es hier ohne weiteres geschehen, dass man so tief eingeschneit war, dass man über Tage oder Wochen nicht weg konnte.

Aus dem ehemaligen Milchkeller hatte ich ein Lager für alles Mögliche gemacht, welches im Fall der Fälle nützlich sein konnte, und da man nie weiß was kommt, bekam damals dieses Gewölbe neben einem Betonboden unter welchem große Metallplatten eingegossen waren, auch verputzte Wände, wo feine Metallgitter eingelassen worden wurden.

Zusätzlich war innen eine komplette Verkleidung an Wänden, Decke und Boden aus Kupferplatten angebracht die miteinander Nahtlos verbunden waren. Man kam sich vor wie in einem Blechwürfel, Türrahmen und Tür waren ebenso Massiv wie bei dem anderen Gewölbe. Die Metallplatten im Boden waren verbunden mit den Gittern im Putz, der Tür und den Kupferverkleidungen.

Alles was mit Elektronik zu tun hatte, war in geschlossenen Metallkisten, umhüllt von größeren Metallkisten, die dann wiederum in Metallnetze eingeschlagen in den Metallregalen oder direkt auf dem Boden lagen. In den Kisten waren neben den Technischen Geräten auch jeweils ein kleiner Beutel mit Reis, der die entstehende Kondensfeuchtigkeit aufnehmen sollte, um die empfindliche Elektronik zu schützen.

Ich weiß, das klingt irre, aber so war ich eben, sicher ist sicher. Es gab damals in Deutschland weit über zweihunderttausend Menschen wie mich, die auf alles Mögliche vorbereitet waren, einige hatten sogar Bunker unter ihrem Garten, es gab auch extra eine Bezeichnung dafür, die mir jedoch nicht mehr einfällt.

Nun galt es festzustellen ob sich meine Bemühungen mit dem Raum gelohnt hatten und noch irgend etwas der hier gelagerten Technik zu gebrauchen, oder ob auch hier alles dem EMP zu Opfer gefallen war.

Als ordentlicher Irrer wusste ich nicht nur wo was zu suchen war, ich hatte auch die Behälter beschriftet. Also machte ich mich zuerst über die Behälter her, die unter anderem Taschenlampen, Batterien, Akku und Ladegeräte enthielten. Ich wollte eben die erste freigelegte Box öffnen, als mich ein Gedanke wie ein Stromschlag durchfuhr:

Was, wenn es noch gar nicht vorbei ist, wenn noch immer Impulse durch die Gegend huschen ?

Da man das weder sehen, riechen, schmecken, fühlen noch sonstwie überprüfen konnte, kam ich mir echt angeschissen vor. Nach dem mir klar geworden war, dass ich jetzt aber auch nicht bis zu meinem Ende vor den Kisten sitzen und grübeln konnte was ich tun soll, öffnete ich die Box nach dem Motto " No Risk, No Fun".

Ich nahm mir eine darin liegende Taschenlampe und knipste diese an. Da diese jedoch keine Lust hatte zu leuchten, war mein erster Gedanke, entweder ist da noch ein EMP auf Achse, oder die ganze Arbeit um hier alles vermeintlich sicher zu verstauen, war für die Katz gewesen.

Dem ersten Gedanken folgte sogleich ein zweiter: Du bist ein geistig minderbemittelter Depp. Wenn die Taschenlampe leuchten soll, wäre es vielleicht von Vorteil erst einmal Batterien einzulegen. Gesagt getan, und was soll ich sagen?

Meine Freude war unbeschreiblich, das Licht ging an, blieb an und machte mich einfach nur glücklich. Ich hatte sogar einen kleinen Geigerzähler den ich in Betrieb nahm und der mir "keine Strahlung" vermeldete.

So wirklich beruhigt war ich hierdurch jedoch nicht, denn in anderen Gegenden - schon hinter dem nächsten Berg - konnte es ja anders aussehen, und eine Fehlfunktion war ja auch nicht immer völlig auszuschließen. Anschließend griff ich mir einem digitalen Multitester und testete diesen - nach dem ich auch dort erst eine Batterie eingelegt hatte - an den Batterien, die in der Taschenlampe waren, denn ich wusste ja, dass diese Spannung hatten.

So prüfte ich das Prüfgerät. Wieder ein Treffer, das Display funktionierte und teilte mir mit, dass jede der Batterien über 1,5 Volt lieferte. Somit konnte ich jetzt immerhin wenn nötig, weitere Teile überprüfen. Die Autobatterien die ich erst vor einigen Tagen geprüft, geladen und wieder verpackt hatte, strahlten mich mit satten zwölf Volt an.

Nun trug ich eine der Batterien nebst passendem Schraubenschlüssel und Messgerät zum Auto, setzte die Batterie ein, schloss die Kabel an, griff zum Zündschlüssel, war einerseits auf das Schlimmste gefasst, andererseits aber auch auf das Ergebnis gespannt wie ein kleines Kind an Weihnachten.

Tür auf, Schlüssel in´s Schloss, kurzes Zögern, ein kurzer Dreh nach rechts auf "Zündung an", die Kontrolleuchten blieben dunkel und keine Anzeige zum Tankinhalt, - mulmiges Gefühl - ein weiterer Dreh nach rechts, der Anlasser drehte und der Motor sprang an.

Ich konnte es nicht fassen, die Kiste lief. Dem EMP waren die Batterie und die Anzeigen zum Opfer gefallen, aber die Kraftstoffpumpe und der Anlasser liefen noch, und mein Messgerät erklärte mir, dass auch die Lichtmaschine überlebt hatte.

Nachdem ich Werkzeug und Messgerät weggeräumt und den Keller abgeschlossen hatte, verriegelte ich das Haus und fuhr auf den Waldwegen in Richtung Hornberg. Die öffentlichen Straßen wollte ich aus mehrerlei Gründen meiden. Zum einen war damit zu rechnen, dass auf den Straßen kein durchkommen war, da ja die Fahrzeuge liegengeblieben waren wo sie gerade waren als der EMP zuschlug, zum anderen wollte ich im Wald so leise und so nah wie möglich an die Stadt heran fahren, den Wagen stehen lassen und erst einmal zu Fuß hin gehen.

Es brauchte nicht gleich jeder wissen, dass da einer noch einen fahrbaren Untersatz hatte, und das ging über die Waldwege ganz gut, da konnte ich den Wagen beinahe den ganzen Weg rollen lassen. Mit Spaziergängern war wohl eher nicht zu rechnen, denn die Hornberger hatten sicher ganz andere Probleme, und ich sollte recht behalten.

Ich kam - wahrscheinlich - unbemerkt bis auf wenige hundert Meter an den Ort heran und ließ den Wagen dort stehen, wo er nicht so schnell gesehen werden konnte. Den Rest ging ich zu Fuß, und als ich aus dem Wald heraus trat und mehr sehen konnte wurde meine Vermutung bestätigt, dass ich mit dem Wagen nicht durchgekommen wäre.

Unglücklicherweise waren die elektromagnetischen Impulse zu der Zeit des Berufsverkehrs unterwegs gewesen, als hätten sie geplant so viel Chaos und Stillstand wie möglich auszulösen. So waren auch entsprechend viele im Auto unterwegs und der übliche LKW - Verkehr war zugegen, im Gegensatz zum Beispiel zu einem Samstag Morgen oder Sonntag Abend. Da wären wohl die allermeisten Menschen zu Hause, und die Straßen vermutlich wesentlich freier gewesen.

Überall standen noch die Fahrzeuge wo sie liegengeblieben waren, man hatte wohl wichtigeres zu tun als gleich Auto´s zur Seite zu schieben, besonders die LKW blockierten viele Straßen und waren von Hand gar nicht aus dem Weg zu räumen. Menschen sah ich wenige, ich denke die meisten blieben zu Hause - wenn sie es überhaupt nach Hause geschafft hatten -, denn wie sollten sie auch zur Arbeit oder sonst wohin kommen, gerade wenn sie außerhalb beschäftigt waren und wenn überhaupt gearbeitet wurde. Aus einigen Kaminen sah man

Rauch aufsteigen, da wusste man gleich wer noch mit Holz heizen konnte und wenigstens warm hatte. Es war ein unbeschreiblich unrealistisches Gefühl den Ort in dem man aufgewachsen war und seit rund fünfzig Jahren in und auswendig kannte so zu sehen. Absolut kein Verkehrslärm, keine Hupen, keine sich bewegenden Fahrzeuge, auch kein Lärmen und Kinderkreischen in Schulhöfen und Kindergärten, nur vereinzelt ein paar Menschen.
Die Geschäfte wie Bäcker, Metzger, Supermärkte, Banken und andere hatten geschlossen. Einzelne Personen, an einzelnen Türen rüttelnd und klopfend, in der Hoffnung man würde sie einlassen und ihnen benötigtes verkaufen. Auf dem Viadukt über das die Schwarzwaldbahn lief, stand ein langer Zug, der vordere Teil schon im Tunnel. Ich lief kreuz und quer durch die Stadt, sah kurz in dem Betrieb vorbei wo ich arbeitete und ließ mir von einem Schild erzählen, dass nun der Betrieb vorübergehend auf noch unbestimmte Zeit geschlossen war. Ich besuchte einen langjährigen Freund um zu sehen wie es ihm ging und um zu erfahren was sich seit gestern ereignet hatte, ob vielleicht irgendetwas seitens öffentlicher Stellen verkündet worden wäre.
Aber es gab jedoch keine Neuigkeiten was den EMP, den Energieausfall selbst betraf. Der Regionale Energieversorger war rund fünfzehn Kilometer entfernt, und dort waren - der Gerüchteküche zufolge - durch den EMP die ganzen Steuerungen der Wasserkraftwerke, der Umspannwerke und die Verteilerstationen völlig zerstört. Da sich die nächsten Polizeireviere in den Kilometer entfernten Orten wie Wolfach, Triberg oder St. Georgen befanden - wobei Wolfach für Hornberg zuständig war - und die Streifenwagen die bisher etwa alle zwei

Stunden ihre Streife fuhren, irgendwo im Nirwana standen, machte sich von der Polizei auch keiner die Mühe, wohl auch weil keiner wusste was zu tun war, zu Fuß oder per Rad Präsenz zu zeigen, zumindest nicht hier.

Einer im Ort hatte abends das Pech seine Wohnung in Flammen aufgehen zu lassen, indem er Kerzen so aufstellte, dass die Vorhänge Feuer fangen konnten. Der Brand konnte jedoch zum Glück recht schnell mit Hilfe von Nachbarn und Wasser des sich in Nähe befindlichen Baches gelöscht werden.

Ein Bekannter, der sich mit seinem Wagen auf dem Heimweg befand als alles zum Stillstand kam und der bei Gengenbach liegen geblieben war, lief über Nacht den ganzen Weg hier her um zu seiner Familie zu kommen und kam in den frühen Morgenstunden in Hornberg an. Er konnte uns von Flugzeugabstürzen Richtung Offenburg und von Bränden berichten.

Seitens der Verantwortlichen der Stadt war für den heutigen Spätnachmittag eine Notversammlung beim Rathaus geplant - überall hingen oder wurden gerade Zettel angebracht die dies kund taten - wo auch die Bürger eingeladen waren, wer und wie viele kommen würden wusste jedoch keiner, da ja ein kurzes Nachfragen per Telefon nicht möglich war, und die Fortbewegung beschränkte sich auf die eigenen Beine und auf Fahrräder. Man hoffte die eine oder andere alte Baumaschine zum laufen zu bringen, um damit Fahrzeuge zur Seite ziehen zu können und die Straßen frei zu bekommen.

Da ich wie es aussah im Moment keine Möglichkeit hatte hier irgendwelche Dinge zu kaufen, auch nicht herumstehen konnte bis die Versammlung begann, und auch den Wagen nicht zu lange alleine im Wald stehen lassen wollte, beschloss ich, mich wieder auf

den Heimweg zu machen. Ich zog noch schnell den Geigerzähler aus der Jacke um zu sehen ob es hier gefährliche Strahlung gab. Alles schien im grünen Bereich zu sein, und ich ging kurz wie versprochen bei meinen Eltern vorbei. Dort war alles normal - was heißt schon normal wenn kein Strom vorhanden ist -, Vorräte waren genug vorhanden und warm hatten sie es dank Holzöfen und ausreichend Brennholz auch.
Mein Vorschlag, mit zu mir zu kommen wurde abgelehnt, und so versprach ich die nächsten Tage wieder vorbei zu kommen und verließ das Haus in Richtung Wald, wo mein Wagen abgestellt war.
Zu Hause angekommen nahm ich mir was zu Essen und zu Trinken, sowie aus meinem Lager Radio, Funkgeräte und dazu passende Batterien, verstaute alles nachdem ich kurz die Funktion geprüft hatte in einem Rucksack, und ging zusammen mit meinem Hund hoch auf den Bergkamm in der Hoffnung, dass ich auf dem Berg über Radio oder Funk irgendwelche Informationen bekommen könnte.
Dort saß ich den Rest den Tages in der Sonne und lauschte dem Rauschen in den Lautsprechern. Da ich von meinem gewählten Standpunkt aus eine recht brauchbare Rundumsicht hatte, konnte ich im rund 20 Kilometer entfernten Schonach Rauchsäulen entdecken, ebenso Richtung Hardt schien etwas zu brennen, mein Fernglas lag jedoch im Haus und so konnte ich außer dem Rauch nichts erkennen.
Kurz bevor es begann dunkel zu werden machte ich mich auf den Heimweg, sah gleich nach den Tieren, versorgte diese so weit nötig, heizte den Kachelofen da es Nachts ja noch empfindlich kalt wurde, und beschloss nach dem Abendessen mir ein Nachtlager in Form von Matratze und meinem Bettzeug in der Nähe des Kachelofens einzurichten, um die anderen

Räume nicht heizen zu müssen. Im Kühlschrank war nicht viel das schnell verderben konnte, und das sollte sich auch noch ein paar Tage halten - da es in der Küche recht kühl war - solange hier nicht geheizt wurde.

Den zweiten Tag nach dem Stillstand verbrachte ich damit, alle meine Vorräte durchzugehen um zu sehen, wie lange ich zur Not hier durchhalten könnte. Ich besaß mehr als zweihundertfünfzig Dosen an diversen Suppen, Erbseneintopf, Linseneintopf, Kartoffeleintopf mit Würstchen, Chili con Carne, Ravioli, Bohnen, Pilzen, Sauerkraut, fünfzig Dosen mit Pfirsichen, Ananas und auch anderem Obst. Fünfundzwanzig große Tüten an Teigwaren wie Spätzle, zwanzig Pack Spaghetti, zwanzig Gläser verschiedene Spaghettisoßen, zwei große Gläser Gurken, Zwei Karton Zwieback und Knäckebrot, einen Karton voll mit Haferflocken, ein Karton voll Reis, einen voll mit Tee, drei Pack Müsli, Milch, Zucker, Fertigsoßen, Trockenmilchpulver und einiges mehr.

Sie glauben ja gar nicht was man sich für fünfhundert bis sechshundert Euro an sehr lange haltbaren Lebensmittelvorräten zulegen konnte, wenn man in größeren Mengen - da gab es oft noch Rabatt - einkaufte und nicht die Markenprodukte, sondern die viel günstigeren vom Discounter, die zum überleben genau so geeignet waren. Mit diesen Reserven konnte ich wohl ohne Probleme viele Monate sehr gut leben, würde ich den Gürtel eng oder enger schnallen, sollte es sogar weit über ein Jahr reichen. Um Wasser musste ich mir zum Glück keine Sorgen machen, da ich über eine eigene Quelle verfügte, die meines Wissens noch nie versiegt war.

Ich verbrachte einige Dinge wie Wärmebildkamera, Nachtsichtgerät, Solarpanel, Ladegeräte, Akku und Kabel in die Wohnung und richtet an einem Fenster in der Stube an der Sonnenseite auf einem Tisch eine Solarbetriebene Ladestation ein, damit ich Radio, Funkgeräte, Taschenlampen und weitere Dinge die mit Batterien oder Akku betrieben wurden ständig griff- und funktionsbereit hatte. Auch ein Mobiltelefon befand sich dabei das ich ständig an ließ in der Hoffnung, dass es mir irgendwann durch ein klingeln oder vibrieren verkünden würde, dass es wieder ein Mobilfunknetz gab.

Den dritten Tag verbrachte ich unter anderem damit, eine Autobatterie aus dem Lager mit dem Solarpanel zu verbinden, und über eine fliegende Verdrahtung mit einfachen Schaltern und LED - Leuchten zu verbinden, um so eine Notbeleuchtung im ganzen Haus zu haben. Klar, eigentlich hätte ich auch den Stromgenerator anwerfen können - sofern er laufen würde - der sich ebenfalls in einer Metallkiste befand, wollte jedoch die vorhandenen Treibstoffreserven nicht unnötig verringern, da ja sowieso nur Licht benötigt wurde, Telefon, Internet und TV waren ja mausetot und der Kühlschrank wurde nicht wirklich benötigt.

Treibstoffreserven für Auto und Generator hatte ich in drei großen zweihundert Liter Fässern und einem fünfhundert Liter Öltank ein Stück vom Hof entfernt in einem alten, kleinen Schuppen gelagert.

An Tag vier fuhr ich nochmals durch den Wald nach Hornberg, stellte den Wagen wieder an der gleich Stelle ab und ging wieder zu Fuß weiter. Auf den ersten Blick war es wie vor drei Tagen, bei genauem hinsehen jedoch sah man, dass nun bei vielen Häusern die Fensterläden zu, die Rollo unten waren, einige hatten mit Brettern die Fenster vernagelt. Die Tankstelle war zum Teil verwüstet, auch die Tür war eingeschlagen und die Regale für die Lebensmittel, sowie die Kühlboxen mit Eis und Getränken waren leer. Der Besitzer war eben am aufräumen und überließ mir einen größeren Posten an Tabak und Blättchen für die Mithilfe beim aufräumen, beseitigen der Scherben und der provisorischen Reparatur der Tür mit einer Holzplatte.

Gleiches Bild konnte man überall bei den anderen Geschäften sehen, wo Lebensmittel gewesen waren. Eingeschlagene Türen und Fenster, leere Regale. Irgendwo zwischen einigen Häusern, für mich nicht einsehbar, hörte ich wie zwei oder drei Personen lautstark brüllend aneinander hoch gingen, und um dem ganzen die Krone aufzusetzen, glaubte ich am anderen Ende vom Ort in Richtung Triberg einen Schuss zu hören. Dies war der Moment in dem ich echt Angst bekam. Vorsichtig nun, ging ich noch ein paar Schritte die Hauptstraße entlang und überlegte mir gerade ob ich weiter gehen, oder mich auf den Heimweg machen sollte, als mich ein Arbeitskollege sah, zu sich rief, und mir erklärte was die letzten beiden Tage hier los war.

Da viele, vor allem die jüngeren, immer alles frisch nach dem Feierabend auf dem Heimweg eingekauft und deshalb nun kaum etwas zu Hause hatten, trieb sie der Hunger, und so versuchten die Ersten schon vor zwei Tagen bei Nachbarn Lebensmittel zu bekommen, und wenn sie dort nichts bekamen gingen sie zu den Geschäften und hatten dort, da die Läden geschlossen waren, begonnen Türen und Fenster einzuschlagen und zu plündern.

Ich war geschockt wie schnell in diesem kleinen Ort, wo fast jeder jeden kannte, das Miteinander so schnell umschlagen konnte in ein jeder gegen jeden, und jeder für sich. Aber es ging auch anders herum, viele der Metzger, Besitzer von Kneipen und Lokalen verteilten einen großen Teil der Lebensmittel, die nun ohne Kühlung in den Kühlräumen sowieso schnell ungenießbar geworden wären. Gemeinsam hatte man auch einige LKW aufgebrochen in welchen man Lebensmittel und Getränke vermutet hatte, und diese Verteilt.

Ich beschloss kurz nach meinen Eltern zu sehen und beide mit zu mir zu nehmen, diese wollten jedoch unbedingt bleiben und erklärten mir, dass sich die Nachbarschaft zusammengeschlossen hatte, und man gegenseitig auf sich aufpassen würde.

Die Ernährung würde für sie kein Problem darstellen, und man könnte in Kürze ja auch die Gärten nutzen, sofern bis dahin nicht der Strom und die gewohnte Ordnung wieder da sein würden. Bei den Landwirten die ganz in der Nähe waren, würden sie Milch, Eier, Kartoffeln und auch Fleisch bekommen, wenn nötig. Sie waren der Meinung, dass bald alles wieder gut sein würde.

Tja, was soll man sagen, die Hoffnung stirbt zuletzt. Da ja meine Eltern ein gutes Stück weg von der Stadtmitte lebten und die letzten Tage zu Hause geblieben waren, erzählte ich ihnen wie es in der Stadt aktuell aussehen würde, was diese sichtlich erschreckte. Man kann niemanden zu etwas zwingen das er nicht möchte, und so ging ich - mit einem flauen Gefühl im Magen - alleine los und nach Hause um erst einmal dort zu bleiben.

Die folgenden zehn oder elf Tage verbrachte ich zu Hause oder zu Fuß in den Wäldern, immer in der Hoffnung über Radio oder Funk an Informationen zu kommen. Strom gab es noch immer nicht, Flugzeuge flogen keine, nur ab und an durchbrach - meist in den Abendstunden oder in der Nacht - ein weit entferntes Motorengeräusch die Stille.

Rathaus Hornberg

Peter und Susanne

Ein Problem wenn man alleine lebt ist, richtig, dass man alleine ist. Eines meiner Lebensmottos war zwar immer "wenn man sich auf andere verlässt ist man verlassen", aber in diesem Fall warf das nun natürlich auch Probleme auf.

Ich konnte nicht in umliegende Ortschaften gehen um Lebensmittel aufzutreiben oder um in Erfahrung zu bringen wie die aktuelle Lage war - um mich wenn nötig entsprechend vorbereiten zu können - und gleichzeitig hier sein, um die Tiere und den Hof vor möglichen Plünderern zu schützen.

Die Lebensmittel waren eigentlich erst einmal zweitrangig, aber sollte es doch nötig werden sich länger einzuigeln, dann wären weitere Vorräte mit Sicherheit ein großer Pluspunkt. Aber einen Tod muss man bekanntlich ja immer sterben, und so entschloss ich mich dazu zu gehen und vertraute meinem Hund den Hof an, in der Hoffnung, dass alles gut gehen würde.

Ich richtete mir einen kleinen Rucksack mit einigen Lebensmitteln, Fernglas, Funkgerät, Radio, nahm auch ein großes Survival - Messer mit, welches bislang als Deko in meinem Wohnzimmer bei anderen Gegenständen an der Wand hing, sowie Taschenlampe und Nachtsichtgerät, da ich nicht wusste wie lange ich unterwegs sein würde, und fuhr nach ungefährem Zeitgefühl kurz vor Mittag los auf Waldwegen in Richtung Schramberg.

Oben auf dem Fohrenbühl, dem Berg zwischen den Orten Hornberg und Schramberg, der auf rund neunhundertnochwas - Meter Höhe liegt, hielt ich kurz an um mich umzusehen und zu überlegen, wie ich weiter fahren wollte.

Auf dem Weg bis hier her hatte ich nur zwei Landwirte gesehen die mich skeptisch beobachteten, einer sogar mit einem Gewehr in der Hand. Gerade wollte ich weiter, als ich eine Bewegung im Wald, rund dreißig Meter entfernt links von mir wahr nahm. Sollte ich das jetzt ignorieren und weiter fahren, oder nachsehen ?
Es konnte ja eine Falle sein um Dumme wie mich auszurauben, es könnte aber auch eine Person Hilfe benötigen, und so stellte ich den Motor aus, zog den Schlüssel ab und ging hin. Ich näherte mich sehr vorsichtig, mit dem Messer in der Hand, und jederzeit bereit zu fliehen oder nötigenfalls mein Leben zu verteidigen.
Was sich da versteckte und versuchte weiter in das Unterholz zu kriechen als ich näher kam, sah fertig, verletzt und auch etwas hungrig aus, und hatte sehr wahrscheinlich genau so viel Angst wie ich.
Eigentlich ist die Beschreibung so nicht ganz richtig, denn der junge Mann war verletzt und entkräftet, das Mädchen schien ängstlich und kraftlos, hungrig und fertig sahen aber beide aus.
So lernte ich Peter und Susanne kennen.
Ich versuchte zuerst einmal die Zwei zu beruhigen, ihnen klar zu machen, dass sie nichts zu fürchten hätten, und steckte mein Messer weg. Weil ihnen kalt war, brachte ich als erstes einige Decken aus dem Wagen, da ihre Klamotten verdreckt, nass, und teilweise zerrissen waren, gab ihnen Essen und Trinken, und sie erzählten mir in Kurzform was sie bisher durchgemacht hatten.
Mit Peter und Susanne hatte ich Mitleid und war hin und her gerissen, weil ich nicht wusste, wie ich reagieren sollte.

Früher hätte ich einen Krankenwagen und die Polizei gerufen, oder angeboten beide zum nächsten Ort oder in eine Klinik zu bringen, aber das war einmal und würde nicht viel bringen, nach dem was ich schon ahnte und die beiden erzählt hatten.

Ich war, obwohl beide alles andere als bedrohlich wirkten, - eben ich -, eher der Einzelgänger, sich wenn möglich nichts unnötiges aufhalsend und Problemen weitgehend aus dem Weg gehend.

Die eine Seite der Medaille war, dass ich nicht mehr alleine sein würde wenn Peter und Susanne mit mir kommen würden, und dies war ja auch ein Plus an Sicherheit, wo ich für mich verbuchen konnte. Die andere Seite der Medaille, ein Minus, waren die Vorräte die bei drei Personen entsprechend schneller aufgebraucht waren.

Wenn man nur zwischen Pest und Cholera wählen kann, wofür soll man sich dann entscheiden ?

Ich wollte natürlich auch nicht eines morgens aufwachen mit einem Knebel im Mund oder einer Axt im Kopf um festzustellen, dass ich mich getäuscht hatte, konnte sie jedoch auch nicht mitnehmen und dann anketten.

Da ich mich nun um´s verrecken nicht entscheiden konnte, sollte mein Hund dies übernehmen, denn dieser hatte das, was man Menschenkenntnis nannte. Ich bot Peter und Susanne meine Hilfe an, die sie jedoch nur zögerlich und nach längerem Getuschel annahmen. Sie waren wohl genau so unschlüssig, was die Sache mit dem sich Vertrauen anging. Zu Hause angekommen bestätigte mir mein Hund, dass ich richtig gehandelt hatte, kein knurren, kein zögern, er ging direkt auf beide zu und begrüßte sie freudig wie er das sonst bei Fremden nur sehr selten gemacht hatte.

Peter uns Susanne waren froh aus der Natur heraus in einem Haus zu sein, in einem warmen Raum und mit einem warmen Essen vor sich. Ich ließ den beiden erst einmal die Zeit die nötig war um ein wenig zur Ruhe zu kommen, gab ihnen ein paar Kleidungsstücke von mir, die natürlich nicht passten aber noch immer besser waren als das, was sie gerade trugen, half die Verletzungen von Peter zu versorgen und hörte dann erst einmal zu, was sie zu erzählen hatten.

Die Nacht war längst angebrochen, beide konnten noch nicht so recht glauben, dass sie nun hier bei Licht am warmen Ofen saßen und starrten immer wieder ungläubig die Lampe an, und ich brachte sie völlig zum ausflippen, als ich dann noch eine Tüte mit Käsekräcker und eine Flasche Wein auf den Tisch stellte und per Knopfdruck Musik aus einem MP3 Player zauberte - wenn jetzt schon alles den Bach herunter ging, dann aber doch bitte mit Stil -, und wir redeten die ganze Nacht hindurch.

Peter, einsachtzig groß, sportlich, schlank und kurze braune Haare, erzählte mir, dass er vierundzwanzig Jahre alt und Polizist war. Er hatte erst vor kurzem seine Ausbildung abgeschlossen und trat einige Tage bevor die Lichter ausgingen seine neue Stelle in einem Revier in Stuttgart an.

Scheinbar wusste auch in den Großstätten weder die Behörden, noch die Polizei am Anfang nicht was los war, und auch dort waren alle Möglichkeiten zur Kommunikation zusammengebrochen. Man einigte sich unter den Kollegen darauf, sich erst einmal an den Dienstplan zu halten soweit dieses überhaupt möglich war und zu Fuß oder per Rad auf Streife zu gehen, damit die Bürger einigermaßen beruhigt sein würden da man ja so Präsenz zeigte und auch nötigenfalls einen Ansprechpartner hatten, auch wenn man nicht per Telefon gerufen werden oder überall sein konnte.

Die Polizei - oder das, was davon übrig geblieben war - versuchte so Chaos und Plünderungen vorzubeugen oder zu unterbinden, was sich jedoch schon nach zwei Tagen als Wunschdenken heraus stellte. Die vielen Flugzeugabstürze in und um Stuttgart waren kein Wunder, da am Stuttgarter Flughafen immer viel Betrieb war und ständig Maschinen starteten und landeten. Einige Flugzeuge stürzen in Gebäude, es gab viele Tote und Verletzte, viele Brände und keine Hilfe, der Wahnsinn....

Die Polizei wurde sehr oft von Kriminellen auf der Straße angegriffen, es gab sogar so Irre die sich als Heckenschützen in oder auf Gebäuden versteckten und von dort auf alles und jeden schossen, der in ihre Richtung ging. Man konnte nur staunen was es in einer Stadt wie Stuttgart an Waffen, Munition und Irren gab.

Als Peters Kollege beim Streife gehen erschossen wurde, beschloss er sein Leben irgendwie zu retten, sich unauffällig zu kleiden und wollte, wenn nötig zu Fuß, nach Lörrach in seine Heimat und zu seinen Eltern, als er dann kurz nach seinem Aufbruch außerhalb von Stuttgart auf Susanne stieß.

Von Susanne, einsfünfundsechzig klein, eher zierlich, lange blonde Haare und echt süß, ein richtiges Energiebündel - wurde später von allen meist nur noch Küken genannt und war wie eine Tochter für uns - erfuhr ich, dass sie erst sechzehn, Einzelkind, und Schülerin aus Karlsruhe war. Sie war gerade von der Schule auf dem Heimweg mit der Bahn, als diese stehen blieb und sie den restlichen Weg nach Hause gehen musste.

Ihre Eltern waren wohl noch nicht daheim gewesen, diese waren angeblich mit dem Wagen geschäftlich irgendwo im Norden unterwegs, und sollten abends wieder zu Hause eintreffen. Da nichts mehr ging, sie niemanden anrufen oder um Hilfe bitten konnte, beschloss Susanne erst einmal zu warten bis ihre Eltern kommen, oder sich irgendwie melden würden. Sie hatte keine Ahnung was sie tun sollte, war alleine und entschied, sich nun erst einmal im Haus zu verschanzen und zu beobachten was so rund herum geschah.

Auch ihre Nachbarn wussten nicht was tun und hatten auch keine weiterhelfenden Informationen. Als dann aber nach ein paar Tagen die Nahrungsmittel ausgingen, die Eltern nicht gekommen waren und sich auch nicht gemeldet hatten, die Nachbarn ihr nicht helfen konnten oder wollten, zog sie alleine los. Sie glaubte zu Fuß bis nach Stuttgart zu kommen wo eine Tante lebte, und hoffte dort auf Hilfe.

So stellte Susanne ihr Glück auf die Probe, und als ihre letzten Lebensmittel unterwegs aufgebraucht waren, als der Hunger zu groß wurde, versuchte sie bei Einbrüchen in scheinbar leer stehende Häuser und Geschäfte etwas zu finden und beging zur Not auch Diebstähle. Sie war echt ein helles Köpfchen - und damit meine ich nicht die blonden Haare -, denn um sich als junge Frau alleine zu Fuß über eine solche Strecke durchzuschlagen, bedarf es Mut, Intelligenz, aber auch Schnelligkeit und einer gewissen Härte, was sie mit absoluter Sicherheit alles besaß.

Sie konnte nach ihren eigenen Schilderungen meist unbemerkt größere, plündernde Gruppen umgehen, wurde aber auch einige mal von Personen erwischt als sie versuchte an Lebensmittel zu kommen, und konnte sich ein paar mal nur mit roher Gewalt vor Missbrauch retten. Mehr zu sich hatte sie auch Peter unterwegs nie mitgeteilt, wollte von ihrer Familie oder von Freunden nichts erzählen, und wich weiteren Fragen danach sehr geschickt aus. Wir hatten zwar unsere Zweifel an der Geschichte zu ihrer Herkunft, aber wenn Susanne nicht darüber sprechen wollte so war das ihre Angelegenheit, ihr gutes Recht, und wir akzeptierten dies.

Auf dem Weg nach Stuttgart, zwischen Calw und Sindelfingen, traf sie auf Peter der gerade auf dem Weg nach Lörrach war und ihr davon abriet weiter zu gehen, da in und um Stuttgart Chaos und Wahnsinn ausgebrochen waren. Da Susanne ihm glaubte, seltsamerweise auch vertraute und nicht wusste wohin sie sonst sollte, verwarf sie schweren Herzens ihren Plan, schloss sich Peter an und ging mit ihm zusammen Richtung Lörrach. Beide liefen dann mehr planlos als gezielt kreuz und quer Richtung Süden, sich an Ortsschildern orientierend die Peter noch im Gedächtnis hatte, und versuchten immer wieder irgendwie an Nahrungsmittel zu kommen.

Als sie vormittags in Lauterbach, einem Ort oberhalb Schramberg, ein sichtbar leeres Haus durchsuchten, wurden sie von einer Gruppe mit rund zehn Leuten angegriffen die in der Nachbarschaft wohnten, und flohen den Berg hoch durch den Wald, bis zu der Stelle, an der ich sie traf. Bei diesem Angriff und auf der Flucht durch den Wald zog sich Peter mehrere Prellungen und Stauchungen, Abschürfungen und Schnittwunden zu. Verletzungen, die zum Glück nur oberflächlich waren und schnell heilen würden.

Als es morgens hell wurde, zeigte ich Peter und Susanne wo im Haus was zu finden war, wir sahen nach den Tieren und legten uns dann alle irgendwo in der Stube hin und schliefen ein paar Stunden. Es war seltsam, wir verstanden uns als würden wir uns schon ewig kennen, und es gab keinerlei spürbares Misstrauen unter uns.

Peter als Polizist konnte mit Schusswaffen umgehen, welche ich jedoch - mit Ausnahme eines Luftgewehr - nicht hatte. Schon in der Nacht hatte ich bemerkt, wie der Blick von Susanne immer wieder zu einem Compound - Jagdbogen ging, der neben anderen Bogen und sonstigen Waffen an der Wand hing. Auch jetzt sah sie wieder in diese Richtung und machte auch Peter darauf aufmerksam.

Da sie Interesse daran hatten, jedoch mit meinen Bogen nicht klar kamen, beschlossen wir nach Hornberg zu fahren wo es ein Sportgeschäft gab und von dem ich wusste, dass es neben Fahrrädern auch Textilien, Angelbedarf und Bögen hatte, sofern es nicht schon geplündert worden war. Da Peter und Susanne bei dem völlig unerwarteten Angriff ihre Rucksäcke mit Kleidungsstücken zurückgelassen hatten, waren folglich auch Hosen, Pulli, Jacken und so weiter noch zu organisieren. Wir hegten die Hoffnung im Ort das benötigte zu bekommen und gedachten zur Not auch den einen oder anderen Altkleidercontainer aufzubrechen.

Susanne wollte lieber zu Hause bei Hund und den Pferden bleiben, und teilte uns ihre benötigten Kleidergrößen mit, was wir bringen würden - nur bitte keine Kleidchen - war ihr gleich, solange es ihr nur einigermassen passen würde.

Peter und ich fuhren über die Waldwege ins Tal, stellten den Wagen am meinem üblichen Platz ab, versteckten ihn jedoch zur Sicherheit noch unter Ästen und Sträuchern die wir in der Umgebung zusammensuchten und um den Wagen platzierten, gingen nach Hornberg hinein und erst einmal zum Sportgeschäft. Wir sahen niemanden auf den Straßen, wurden auch nicht angegriffen oder angefeindet, waren uns jedoch bewusst, dass wir beobachtet wurden, da wir Schatten hinter den Fenstern und sich bewegende Vorhänge sehen konnten. Auch hier am Geschäft waren in der Zwischenzeit die Scheiben eingeschlagen worden, und jeglicher Versuch mit den Besitzern des Ladens, die im oberen Stockwerk gewohnt hatten Kontakt aufzunehmen, scheiterte. Die Geschäftsräume waren durchwühlt, die Kasse aufgebrochen worden. Es sah so aus als wäre nur Geld von Interesse gewesen, Lebensmittel gab es hier ja keine.

Also blieb uns nichts anderes übrig als es zu riskieren, einfach den Laden zu betreten und die Räume zu durchsuchen. Oben fanden wir einiges an guter Outdoor - Bekleidung, für Peter und Susanne passend, in den unteren Räumen fanden wir etwa fünfzehn verschiedene Bögen - vom Compound über Recurve bis zu Langbogen - in verschiedenen stärken von fünfundzwanzig bis fünfundsiebzig Pfund Zuggewicht und Karton voller Fertigpfeile, Material um Pfeile zu fertigen von Schäften über Spitzen und Federn bis hin zu Nock, Kleber, Zielscheiben und auch Sehnen.

Da wir den Inhaber nicht erreicht hatten und deshalb weder um die Teile bitten noch diese irgendwie bezahlen konnten, hinterließen wir kurzerhand im Briefkasten eine Nachricht mit Informationen, wer hier gewesen war und auch was wir an Teilen mitgenommen - in der Vorstellung, wir könnten uns dafür irgendwann einmal erkenntlich zeigen - hatten, verließen mehr als vollgepackt den Laden und kamen ohne Zwischenfälle zurück zum Wagen und fuhren nach Hause zurück. Susanne erwartete uns bereits, war hoch erfreut über die Klamotten die wir in ihrer Größe mitgebracht hatten, suchte sich jedoch zuerst einen Bogen aus der zu ihr passte und verblüffte uns, als sie nach wenigen Probeschüssen, einigen kleinen Korrekturen am Bogen und an der Pfeilauflage, einen Pfeil nach dem anderen auf über dreißig Meter in der Mitte einer Scheibe plazierte. Entweder hatte sie uns eine Kleinigkeit verschwiegen, oder wir hatten es hier mit einem Naturtalent zu tun.

Auch Peter übte die folgende Zeit sehr oft, und wurde innerhalb von Tagen und Wochen ein brauchbarer Schütze. Inzwischen hatten wir das Gefühl für die Zeit - bemessen in Tagen - völlig verloren, wurde es hell war es morgen, stand die Sonne hoch - soweit nicht von Wolken verdeckt - war Mittag, und raten Sie mal, wann es für uns Abend war.

Wir hätten auch nicht wirklich sagen können ob nun sieben, neun, vierzehn oder mehr Tage vergangen waren, nach dem die Lichter erloschen. Irgendwann, Wochen später auf Nachtwache vertraute mir Peter einmal an, dass er bei unserem Aufeinandertreffen sofort mitgekommen wäre, Susanne wollte jedoch zuerst nicht, da sie dem alten und grimmigen dreinblickenden Mann irgendwie nicht vertrauen wollte. - Danke Küken -

Zu unserer Verteidigung. Geradezu lächerlich im Vergleich zur Bewaffnung Anderer und dem was wir am Ende des Jahres unser eigen nennen konnten.

Große Antenne, Kontakt und erste Informationen

Eines morgens beim Frühstück sagte ich den Beiden, dass ich ein Stück den Berg hinunter fahren und nach meinen Eltern sehen würde. Peter und Susanne wollten jedoch lieber im Haus bleiben, und so fuhr ich alleine so weit hinab, bis ich eine gute Sicht hatte und beobachtete eine Zeit lang mein Elternhaus mit dem Fernglas.

Da ich keine Lebenszeichen entdecken konnte, hatte ich mich gerade dazu entschlossen zu ihnen zu gehen, als beide aus dem Haus traten und sich auf den Weg in den Garten machten. Folglich fuhr ich erleichtert und beruhigt wieder den Berg hoch zum Hof.

In meinem Fundus im Keller befanden sich auch verschiedene Handfunkgeräte, von CB über Freenet bis zu einen Sechserpack billiger Amateurfunkgeräte made in China.

Peter fiel sofort eine alte und zusammengeschobene Funkantenne aus Aluminiumrohren ins Auge die im Eck stand, die ausgezogen über 5 Meter Länge hatte und fand nach kurzer Suche auch eine Rolle mit Antennenkabel, passende Stecker und Adapter.

Kurzerhand war die Idee geboren von der Hauswand - ganz oben unter dem Dach - , die nun ja sinnlos gewordene Satellitenschüssel und deren Halterung abzubauen, um dann oben auf dem Bergkamm die Halterung in einem Baum, und daran die Antenne für den Funk zu befestigen, um eine größere Reichweite zu erhalten. Dies nahmen wir dann sogleich in Angriff, holten uns den Masthalter, suchten nötige Kleinteile wie Schrauben, Draht und Werkzeuge zusammen und waren rund zwei Stunden später zu dritt, beladen mit allem nötigen auf dem Weg zur Bergspitze. Da ich ja nicht mehr der jüngste war, überließ ich es gerne Peter in den Baum zu klettern um Halterung, Antenne und Kabel anzubringen. Damit die Antenne mitten in den Bäumen mit dem metallischen Glanz nicht zu arg ins Auge stach, hatten wir eine kleine Sprühdose mit dunkelgrüner Farbe mitgenommen, womit wir die Antenne auf dem Boden nach dem Ausziehen auf die volle Länge besprühten, und nach der Montage im Baum zur besseren Tarnung auch die Halterung lackierten.

Anschließend saßen wir zu dritt herum, jeder mit einer Funke in der Hand, das CB - Gerät mit der großen Antenne verbunden, versuchten etwas zu empfangen und unterhielten uns. Hierbei eröffnete mir Peter, dass sie sich, als ich unterwegs war beraten hatten was sie weiter tun sollten und waren übereingekommen, dass sie gerne erst einmal eine zeitlang bei mir bleiben würden, sofern es mir recht wäre.

Wer sich ein klein wenig mit der Funktechnik auskennt weiß, dass die Reichweiten unter anderem auch von der Wetterlage abhängig sind, und man mit einfachsten Mitteln im günstigsten Fall um die halbe Welt Verbindungen bekommen kann.

Wir hatten wieder einmal Glück und bekamen Informationen über CB und Amateurfunk herein, das Radio gab über den Lautsprecher nur statische Störungen von sich. Leider konnten wir aber nur mit wenigen Stationen Kontakt aufnehmen da unsere Sendeleistung viel zu gering und der Standort nicht gerade ideal war, wir empfingen jedoch einiges.

Da wir bislang ja nur Rätselraten konnten woher der EMP kam war nun wenigstens schon einmal klar, dass es keinen Krieg gegeben hatte und der EMP auch nicht von Atomwaffen ausgelöst worden war. Ebenso konnten Sonnenaktivitäten nach dem gehörten im Funk angeblich ausgeschlossen werden, und trugen keine Schuld. Bekannt wurde, dass einige starke EMP - Impulse aus dem Erdinneren kommend, weltweit alles lahmgelegt hatten. Weshalb dies geschehen war wusste niemand, konnte scheinbar keiner erklären, aber dies wurde als Fakt überall so erzählt. Wir konnten jetzt nur hoffen, dass sich dies nicht wiederholen würde, denn sonst wäre alles was wir an technischen Geräten aus dem Bunker geholt hatten und nutzten, vielleicht auch noch verloren.

Wir waren zwar froh uns um radioaktive Strahlung keine Sorgen mehr machen zu müssen, konnten aber auch nicht wirklich realisieren, dass es nicht nur bei uns, sondern weltweit sein sollte.

Das gleiche Chaos auf dem ganzen Globus, was für eine Vorstellung. Jetzt, nach einigen Wochen der Spekulationen, von Rätselraten, Unsicherheit und Angst, wussten wir nun wenigstens was geschehen war. Die Stationen, mit welchen wir auch sprechen konnten, befanden sich im Umkreis von ungefähr dreihundert Kilometer.

Unzählige Menschen aus allen Ecken des Landes blieben oft Hunderte von Kilometern von zu Hause entfernt liegen, im Auto, dem LKW, der Bahn. Urlauber, Geschäftsreisende - oft auch aus anderen Ländern - die hier nur auf der Durchreise gewesen waren.

So waren viele gestrandet wo sie nicht bleiben mochten oder konnten, Menschen, die unbedingt - und auch verständlich - zu ihren Familien, Freunden und in ihr Heim wo sie sich sicherer fühlten, zurück wollten. Entsprechend viele Menschen waren nicht nur hier im Land, sondern weltweit kreuz und quer unterwegs. Meist lief das sehr friedlich ab, aber es gab auch Menschen, die sich auf der Wanderschaft einfach nahmen was sie zu brauchen glaubten und lösten so wiederum Streit und Handgemenge aus, was der eine oder andere nicht überlebte und sein Zuhause, seine Familie nie mehr sah.

Natürlich gab kaum einer per Funk seinen Standort durch, aus Angst vor Plünderern und auch Anderen - denen vielleicht nicht gefiel, was da per Funk die Runde machte - die vielleicht mithörten und einem dann einen Besuch abstatteten, aber man erfuhr so einiges. Innerhalb von nur wenigen Tagen und Wochen, waren überall die sozialen Systeme, unsere Gesellschaft zusammengebrochen.

Für Behörden, Bund, DRK, THW, Polizei und andere Hilfsvereine gab es eigentlich keine bis sehr wenige Möglichkeiten miteinander zu kommunizieren um Hilfe zu organisieren, koordinieren oder zu leisten. Denn die wenigen Satellitentelefone die noch zu funktionieren schienen, waren ohne die Satelliten leider völlig wirkungslos. Das Funkmastennetzwerk der vielen Mobilfunkanbieter hatte sich ebenso in Wohlgefallen aufgelöst wie die Relaisstationen und die vielen Rechenzentren, die das System steuerten und managten. Selbst der Verein der Amateurfunker hatte bei diesen Ausmaßen ein großes Problem die für diverse Katastrophen jährlich geprobten und dafür vorgesehenen Notfall - Funknetzwerke aufzubauen, denn gegen einen EMP waren leider die wenigsten Funkgeräte und Generatoren gesichert gewesen und standen deshalb nur in einem sehr begrenzten Umfang zur Verfügung.

Folglich stand für die Bevölkerung kaum Schutz über die Bundeswehr oder die Polizei zur Verfügung. Zwar wurden gelegentlich auch Helikopter der Armee - die wohl den EMP überlebt hatten - gesichtet, diese überflogen scheinbar jedoch nur die einzelnen Gebiete ohne einzugreifen und versuchten sich wohl ein Bild der Lage zu machen. Was hätten sie auch schon tun können ?

Die Bundeswehr war ja recht klein, Tausende der Soldaten in Auslandseinsätzen die so schnell - wenn überhaupt - nicht zurückkommen würden, einige im Urlaub, viele blieben lieber bei ihren Familien um diese zu schützen, und die Verbliebenen waren gegen die Horden von Irren und Verzweifelten einfach machtlos. Es wurde nichts mehr produziert, bestenfalls noch aus Lagerbeständen ausgegeben, und das auch nur in der jeweiligen Umgebung, mangels Transportmöglichkeiten.

Es gab ja auch noch die Bundesreserven mit etwa achthunderttausend Tonnen an Getreide wie Weizen, Roggen, Hafer - in etwa hundertfünfzig geheimen Lagerstätten über ganz Deutschland verteilt und außerhalb der großen Städte - die zu Mehl verarbeitet werden konnten zur Herstellung von Brot, sowie Linsen, Erbsen, Reis und einiges anderes. Nur Mehl mahlen und Brot backen im großen Stil ohne funktionierende Maschinen dürfte schlecht gehen, und eine Verteilung ohne Menschen die mitmachten oder Fahrzeugen schien in diesem ganzen Chaos unrealistisch. Sollte es dennoch irgendwie gelungen sein, und es war nicht zu viel durch Brände und Plünderer verloren gegangen, standen diese Mittel nicht allen zur Verfügung, und dürfte selbst bei einer starken Rationierung nur wenige Wochen überbrückt haben.

Selbst große Krankenhäuser waren schon nach wenigen Wochen am Ende, da weder Medikamente noch sonstiges Material wie Binden oder Pflaster mehr vorhanden war. Ärzte, Schwestern und anderes Personal konnte oft nicht zum Dienst erscheinen, und selbst den Notstromgeneratoren ging spätestens - wenn sie den EMP überlebt hatten - nach ein bis zwei Wochen Dauerbetrieb der Treibstoff aus. Auf EEG, EKG, MRT und wie die ganzen Helferlein sich so nennen, musste nun ebenfalls verzichtet werden, was viele Fehldiagnosen mit sich brachte.
Weil nun also weder produziert, noch bestellt, noch geliefert, ja noch nicht einmal organisiert werden konnte, war auf gut deutsch gesagt alles am Arsch. Und im Vergleich zu dem was scheinbar in den Großstädten abging, kamen wir uns auf dem Land wie auf einem Kindergeburtstag vor. Da in den Großstädten noch viel weniger Menschen wie auf dem Land für wenigstens ein paar Tage Lebensmittel hatten, waren innerhalb von Tagen alle Geschäfte geplündert, und man erschlug sich gegenseitig für eine Scheibe Brot, einen Apfel oder sonst was. Gärten gab es fast nur in den Außenbezirken, jedoch wussten die Städter - oder die wenigsten - scheinbar nicht, wie man etwas anbauen konnte. Von den Dingen die man zum überleben in der Natur finden konnte, ganz zu schwiegen.
Durch den Ausfall von Pumpsystemen waren viele Haushalte ohne Leitungswasser - und als keine Getränke mehr in Flaschen und Tüten zu Verfügung standen - ließ der Durst viele das Wasser trinken wo sie es fanden, also auch aus Regentonnen, Pfützen, Bächen, Flüssen und Seen was viele Krank machte, und mangels medizinischem Notfallsystem oft elend sterben ließ. Gleiches geschah bei der Ernährung,

denn manche Dinge die da so in der Natur wachsen sehen echt lecker aus, aber man isst sie nur einmal. Folglich starben die Menschen wie die Fliegen in dem sie sich oft genug gegenseitig umbrachten, irgendwo eingeschlossen festsaßen oder sich ungewollt selbst vergifteten, durch Unterkühlung, Erschöpfung, durch Brände und Unfälle, Verletzungen und Gebrechen - ohne die nötigen Medikamente - wie Diabetes. Zehntausende, vor allem ältere Menschen, erlitten auf Grund der allgemeinen Situation durch die psychischen Belastungen, oder auch körperlicher Überlastung, Herzinfarkte oder Schlaganfälle und konnten nicht gerettet werden. Unzählige saßen zum Teil tagelang in Aufzügen fest, viele dürften heute noch dort gefangen sein. Menschen die im Bergbau tätig waren kamen nicht mehr an die Oberfläche.

Von den Hunderttausenden, die psychisch nicht verkrafteten was da vor sich ging, oder weil sie geliebte Menschen als verloren glaubten und ihrem Leben ein Ende setzten, möchten wir jetzt gar nicht reden.

Hier auf dem Land, wo im Vergleich zu den Städten weniger Menschen leben, gab es nicht so viele Tote, die Toten hier wurden meist recht schnell, wenn zum Teil auch unkonventionell begraben wurden. In den größeren Städten und Metropolen sah das anders aus wie wir erfuhren, dort lagen viele Tote in den Wohnungen, in Aufzügen und Seitenstraßen, keiner kümmerte sich darum und entsprechend breitete sich - gerade als es wärmer wurde - immer mehr Verwesungsgeruch aus, so konnte man die Städte je nach Wind und Temperatur schon riechen, bevor man sie sah.

Ich kann, und möchte es mir auch nicht vorstellen, wie sich die Besatzung der ISS gefühlt haben muss, als bei Ihnen unerwartet die Lichter ausgingen. Keine Kommunikation, keine Heizung, - beim Blick aus dem Fenster nur eine dunkle, unbeleuchtete Kugel sehend - und dem schließlich folgenden Kampf gegen Kälte, Sauerstoffmangel, Einsamkeit und Angst.
Eine vergleichbare Verzweiflung dürfte auch die Besatzungen unzähliger Schiffe auf hoher See getroffen haben, als die Maschinen verstummten, die Monitore für Radar und Echolot ausfielen, alles tot war, und das Schiff unsteuerbar jetzt nur noch ein Spielball der Natur war.
Die Kriminellen rotteten sich schneller zusammen als die anständigen Bürger oder die Hilfskräfte die keine Hilfe waren, und sie plünderten und brandschatzen, mordeten und vergewaltigten. Viele flohen planlos ohne zu wissen wohin. Manche Städte hätten nach einem Krieg wo sie von Bomben direkt getroffen worden wären wohl nicht viel schlimmer aussehen können. Und was diesen Irrsinn überlebte, waren nicht die Schwachen oder Zarten, das waren die Harten.
Nur die Stärksten und Brutalsten überleben in der Natur, und genau diese gruppierten sich und zogen mit noch oder wieder fahrbereiten Untersätzen - oder auch zu Fuß - auf der Suche nach Essen, Schätzen und nach Spaß von den Citys aus durch die Lande.
Man bekam eine Gänsehaut wenn man dies hörte, und selbst wenn übertrieben wurde und nur die Hälfte stimmen sollte, gab es keinen Grund mehr sich auf das Leben zu freuen.

Lager für Benzin, Diesel und Anderes.

Ein Neuzugang

Gelegentlich unternahmen wir auch Streifzüge, meist Peter und ich, Küken blieb lieber bei den Tieren, hütete das Haus und beobachtete vom Berg aus die Gegend. Da ja mehrere Funkgeräte vorhanden waren und diese nun auch für uns richtig Sinn machten, hatte jeder von uns immer eines der leistungsstärkeren Amateurfunkgeräte dabei, wo wir, zumindest von Berg zu Berg völlig problemlos über mehrere Kilometer hinweg Kontakt halten konnten.

So auch an diesem Tag, als wir beschlossen unter Umgehung von Hornberg und über Waldwege die Regionen Richtung Triberg zu erkunden, immer in der Hoffnung Lebensmittel, Medikamente, sonstige brauchbare Dinge und Zigaretten für mich zu finden. Die positiven Seiten eines kleinen Geländewagen liegen einfach erst einmal darin, dass er klein ist. Kleines fällt weniger auf als Großes, macht weniger Lärm, benötigt weniger Treibstoff sowie weniger Betriebsmittel wie Öl und vieles mehr. Wo man mit einem kleinen Auto locker durchkommt, keilt man sich mit einem größeren Wagen schon ein, kommt nicht durch, kann nicht wenden. Eine einfache, robuste und seit Jahrzenten erprobte Mechanik, ohne die vielen anfälligen elektronischen Helferlein. Alle Vorteile aufzuzählen wäre wohl zu viel, aber auch die Nachteile sollen nicht verschwiegen werden. Als Nachteil könnte man die bevorzugte Größe nennen, denn ein kleiner Wagen schließt leider ein großes Ladevolumen aus, ebenso die Last die transportiert werden kann. Die Geschwindigkeit kann mitten im Wald eher vernachlässigt werden, da sind große Wagen auch nicht schneller, auf Verfolgungsjagden auf normalen Straßen oder gar Autobahnen sollte man jedoch besser verzichten. Da es Vorteile mit sich bringt, sich irgendwo auszukennen fanden wir ohne größere Probleme die richtigen Wege, und weil der Wagen so handlich war, konnten wir auch etwas breitere Trampelpfade der Touristen und Wanderer im Wald als Fahrbahn nutzen, wo wir mit einem modernen SUV gnadenlos gescheitert wären. Wir fuhren den Schondelgrund hinab, ein Stück über die Landstraße, die glücklicherweise nicht komplett blockiert war Richtung Reichenbach, dann rechts ab über das "Hohe Gericht" und das Schwanenbachtal weiter, hatten den Gesundbrunnen - einem Grillplatz mit Hütte und Brunnen - hinter uns gelassen und fuhren gerade in der Nähe des "Feierabendfelsen", oberhalb des Ortsteil Niederwasser, als Peter glaubte einen Hilferuf gehört zu haben.

Wir hielten an, stellten den Motor ab und lauschten. Als wir nichts hörten beschlossen wir dennoch kurz die nähere Umgebung abzusuchen, jedoch immer in Sichtweite des Wagens. Ich war gerade um die 70 Meter vom Wagen weg, in der entgegengesetzten Richtung von Peter, als dieser einen Schrei los ließ - in der Hektik hatte er ganz vergessen, dass er mich über Funk hätte rufen können - und gestikulierte mir, ich solle schnell zu ihm kommen.

Als ich eintraf sah ich dort einen Mann liegen - vielleicht etwas jünger als ich - mit blauer Jeans, Wanderschuhen und einer Bundeswehrjacke, Dreitagebart, kurzen braunen Haaren die auch schon leicht mit grau durchzogen waren, und mit grob einsfünfundsiebzig etwas größer als ich, unter einem großen Fels eingeklemmt. Er war bewusstlos und wir wuchteten gemeinsam den Stein von dem Typ herunter, trugen ihn zum Wagen - den wir erst einmal noch so weit umräumen mussten damit wir den Mann einigermaßen bequem in den Wagen legen konnten - und fuhren nach Hornberg in der Hoffnung einen Arzt zu finden.

Im Ort angekommen konnten wir bei der zweiten Arztpraxis gleich eine Ärztin finden, die unseren Unbekannten medizinisch versorgte, soweit ihr das möglich war.

Er hatte sein linkes Bein - genauer das Schienbein - gebrochen, der linke Arm hatte einige tiefe Wunden, ein paar Rippen hatten wohl auch was abbekommen und am Kopf war eine große Schramme. Das Bein wurde notdürftig geschient und eingegipst, sowie die Wunden am Arm gereinigt, genäht und verbunden.

Nebenbei durchsuchten wir seinen Rucksack, seine Hosentaschen und die Jacke in der Hoffnung, etwas über den Unbekannten zu erfahren, nicht zuletzt auch ob eventuell irgendwelche Allergien vorlagen - wegen Medikamenten die er möglicherweise wegen seiner Verletzungen nehmen musste - oder ob er eventuell Diabetiker wäre.

Die Ärztin erzählte uns inzwischen was die letzten Tage im Ort geschehen war, dass einige Hornberger weggegangen waren, viele noch vermisst wurden, und es gab seit alles zum Stillstand gekommen war scheinbar auch schon einige Tote durch Streitereien, Verletzungen von Stürzen, Arbeitsunfällen und durch Krankheiten die leider nicht - oder zu spät - behandelt werden konnten. Die Apotheken hatten von den wichtigsten Medikamenten so gut wie nichts mehr vorrätig.

Nachschub gab es ebensowenig wie Notärzte, und die nächst gelegenen Kliniken - soweit erreichbar - waren auch schon über ihre Grenzen hinaus und konnten nicht mehr helfen.

Da der Typ vor uns auf dem Tisch noch bewusstlos war, wollten wir uns verabschieden und ihn in der Obhut der Ärztin überlassen, die jedoch umgehend protestierte und argumentierte, dass das nicht möglich sei, da sie nicht genug Nahrungsmittel und auch nicht die Zeit hätte sich um ihn zu kümmern.

Also nahmen wir ihn - immer noch bewusstlos - zusammen mit nötigen Medikamenten und einigen Tipps der Ärztin mit, nicht wissend was wir tun sollten. Da es ja nicht in Frage kam, ihn einfach irgendwo abzulegen, legten wir ihn wieder in den Wagen und fuhren wir mit ihm nach Hause. Küken staunte nicht schlecht, als wir anstelle diverser brauchbarer Dinge einen Bewusstlosen mitbrachten. Wir trugen Mister X in die Stube und legten ihn dort auf eine Matratze am Boden.

Inzwischen war Nachmittag und wir beschlossen erst einmal etwas zu essen und zu überlegen was wir machen sollten, als vom Boden ein Stöhnen und unser Unbekannter zu Bewusstsein kam.

Mister X entpuppte sich als Georg, 46 und Metzger aus dem Ort Gremmelsbach. Er war ebenso wie wir unterwegs um zu beobachten und die Lage zu erkunden, und wollte auf einen der größeren Felsen klettern um eine bessere Rundumsicht zu haben, als sich ein Stück des Felsen löste, ihn erwischte und er stürzte.

Er lag schon seit dem vorangegangenen Tag dort, war völlig entkräftet und als er glaubte einen Motor zu hören rief er mit letzter Kraft um Hilfe, bevor er in die Bewusstlosigkeit abdriftete. Von seiner Rettung, der Ärztin und den Fahrten hatte er nichts mitbekommen und war entsprechend verwundert, nicht mehr im Wald und mit Schmerzen unter einem Stein zu liegen.

Georg war uns sympathisch und passte irgendwie gut zu uns, auch Hund schien nichts gegen den Neuen einzuwenden zu haben. Also päppelten wir ihn auf und er erwies sich als recht hart im nehmen, denn bereits nach zwei Tagen herumliegen bestand er darauf mit einem Stock durch die Gegend zu humpeln, und uns so weit wie möglich bei unseren Arbeiten zu unterstützen.

Es musste wohl schon Ende April, Anfang Mai gewesen sein und wir beschlossen, uns den Garten vorzunehmen. Ich drückte den anderen morgens nach dem Frühstück einige Bücher über Gärten und Pflanzen in die Finger, da Gartenarbeit für sie ein Fremdwort war, und suchte während gelesen wurde diverse Gartenwerkzeuge, Saatgut und alte Kartoffen zusammen.

Anschließend wies ich Peter und Susanne in die praktische Arbeit mit Spaten, Harke und Rechen ein, und wir gruben zusammen den Boden um, legten Beete an mit Radieschen, Bohnen, Salat, Karotten, Tomaten, Kräutern und einigem mehr. Georg durfte zusehen und uns die Werkzeuge und Saatguttütchen reichen.

Wir waren alle keine Gesundheitsfreaks, aber einmal pro Woche wollten wir auch gerne was Grünes wie einen Salat auf dem Tisch haben. Da es noch seine Zeit dauern würde bis wir aus dem Garten Salat ernten konnten, begnügten wir uns bis dahin mit Brennesseln, Löwenzahn, Sauerampfer und was wir sonst noch finden konnten, um uns mit Essig, Öl und Zwiebeln einen Salat zu zaubern.

Obwohl Georg mit seinem Bein zur Zeit ja nicht all zu viel körperlich arbeiten konnte, trug er doch recht viel bei in diesen Tagen. Eines morgens beim Frühstück meinte er, wenn ich ihm eine Angel besorgen und ihn in´s Tal an einen Bach fahren und abends wieder holen würde, würde er versuchen einige Fische zu fangen um unsere Speisekarte zu bereichern. Da ich Angeln hatte, brachte ich ihm gleich zwei, zusammen mit einem großen Eimer mit Deckel, richtete für ihn einen Korb mit Essen und Trinken, und fuhr ihn an einen kleinen Bach bei Hornberg. Als ich einige Stunden später - ich hatte in dieser Zeit einige Bekannte besucht - auf dem Rückweg wieder bei Georg ankam, hatte dieser immerhin zwei schöne Forellen im Eimer.

Da wir uns gut mit Georg verstanden, boten wir ihm ein paar Tage später nach einer kurzen Diskussion an, dass er, auch wenn er wieder gesund war, gerne weiter bei uns bleiben könnte. Da Georg alleine gelebt und keine Familie mehr hatte, stimmte er freudig zu.

Ich gestehe, so ganz ohne Hintergedanke war mein Interesse an Georg nicht. Wir konnten zwar gut mit Pfeil und Bogen umgehen auch wenn ich nicht ganz so treffsicher war wie Küken, doch um ein Reh zu schießen hätte es sicher gereicht. Nur, ein Tier zu erlegen ist das Eine, es dann richtig auszunehmen und zu zerlegen ist das Andere, und Georg war Metzger.

Feierabendfelsen

Erste Absicherung

Da wir über Funk nun auch die angsteinflößenden Informationen über plündernde Banden bekommen hatten die durch die Gegend zogen, entschlossen wir uns dazu, uns so weit wie möglich abzusichern. Wir lebten zwar recht Abseits, aber es gab eine öffentliche Straße, die - wenn auch selten genutzt - leider direkt an meinem Hof vorbei führte und möglicherweise früher oder später zu Problemen führen konnte. Wir beschlossen, die Straße so weit weg vom Hof wie möglich abzusperren, und zwar so, dass wir noch die Waldwege nutzen, der Hof, die Wiesen und die Tiere jedoch nicht gesehen werden konnten, und es sollte nicht wie eine Sperre oder Barrikade aussehen - was jemanden auf den Gedanken bringen könnte es lohne sich vielleicht zu sehen wer sich da abschotten wollte -, sondern ganz natürlich wirken und zur Umkehr bewegen.

Also kamen frisch gefällte Bäume genau so wenig in Frage wie ein Warnschild, eine Schranke oder ein quer gestelltes Fahrzeug. Glücklicherweise fanden wir die Möglichkeit - da die Straße ja im Wald am Berg entlang verlief - in beiden Richtungen, je rund vierhundert Meter vom Hof entfernt, einen kleinen Erdrutsch auszulösen der die Straße blockierte.

Als kleiner Pluspunkt stürzten durch die abgerutschte Erde von oben noch einige Bäume geradezu perfekt über das auf der Straße liegende Erdreich. Wir verwischten sämtliche Fußabdrücke und Spuren von Werkzeugen. Den Rest würde die Natur in Form von Regen und auf dem Erdreich sicher neu wachsenden Pflanzen für uns erledigen, und je nach Zeitpunkt des betrachtens das ganze dann noch natürlicher wirken lassen. Vor den nun ja absolut natürlich wirkenden

Blockaden gingen keine Wege in den Wald, auf einer Seite ging es steil abwärts, auf der anderen Seite sehr steil nach oben, und die Waldwege hinter den Geröllhaufen waren ebenso wenig zu sehen, wie irgendwas vom Hof selbst.

Wollte jetzt noch ein ungebetener Besucher auf der öffentlichen Straße zu uns kommen, musste er sich den Weg frei schaufeln, klettern oder einen Absturz riskieren. Einige der Waldwege konnten wir weit entfernt und an Stellen die von uns nicht benötigt wurden ebenso blockieren wie die Straße zum Hof. Wollte auf diesen Wegen jemand versuchen mit einem Fahrzeug die Wege zu nutzen, musste er erst eine Schranke - die überall den Zugang zum Wald versperrten - mit Gewalt aus dem Weg räumen, um dann nach ein oder zwei Kurven feststellen zu müssen, dass hier der Weg durch einen Erdrutsch versperrt war. Nun galt es wenn möglich die anderen Waldwege in irgendeiner Form auch zu sichern, und wir machten uns auch noch Gedanken zu möglichen Alarmsystemen die uns vor näher kommenden Personen oder Fahrzeugen warnen sollten, aber es fiel uns einfach nichts passendes ein.

Man konnte ohne moderne Videoüberwachung, Bewegungsmelder, Signalübertragung per Funk und ähnlichem eine solche Fläche - und auf diese Distanzen - einfach nicht sichern. Hinzu kam, dass wir dann ständig einen Generator laufen lassen müssten um die nötige Energie hierfür zu erzeugen, was ein weiteres Problem mit dem dazu benötigten Treibstoff aufwarf.

Und was geschieht, wenn man sich zu sehr auf die Technik verließ, hatten wir ja erst gründlich genug vor Augen geführt bekommen. Wir verwarfen die Idee jedoch nicht ganz und hofften, dass uns die nächste Zeit noch ein rettender Einfall zu unserem Problem kommen, sich noch irgend etwas ergeben würde. So wie wir unsere Umgebung im Auge behielten und heimlich beobachteten, so würden dies mit Sicherheit auch Andere machen. Rauch aus einem Kamin konnte je nach Hintergrund, Wetter, Lichtverhältnissen und dem verwendeten Holz auf viele Kilometer von anderen Bergen aus gesehen werden.

Aus Angst ungewollt jemanden anzulocken wurde kurzerhand vereinbart den Ofen und den Herd, wenn nicht unbedingt nötig, nur abends nach Anbruch der Dunkelheit zu heizen um nicht durch den Rauch aus dem Kamin auf uns aufmerksam zu machen. Ebenso wurden abends, wenn von uns Licht benötigt wurde, die Fenster verhängt, um hierdurch keinen der in Sichtweite durch die Wälder streifen würde ungewollt zu uns zu führen, so wollten wir das Risiko vor einer zufälligen Entdeckung auf ein Minimum reduzieren.

Am darauf folgenden Tag wollte ich erneut Richtung Hornberg fahren um zu sehen ob sich etwas neues ereignet hatte, oder alles ruhig war. So fuhr ich zu einem Aussichtsfelsen, der sich "Teufelstritt" nennt, Küken kam mit, weil sie diesen Felsen - wo ich ihr vor Tagen einmal die Geschichte erzählt hatte wie er zu seinem Namen gekommen war - unbedingt sehen wollte, und auch Hund schien nichts gegen einen kleinen Ausflug zu haben. Peter und Georg blieben zu Hause weil sie verschiedene Gedankengänge diskutieren, und gegebenenfalls die Ergebnisse auf Papier festhalten wollten.

Wir fuhren bis auf hundert Meter an die Stelle, wo wir sonst den Wagen abgestellt hatten um in die Stadt zu kommen, und gingen die restliche Strecke zu Fuß, da es mit dem Wagen kein Durchkommen gab.

Nach knapp einer halben Stunde dort angekommen, konnten wir große weiße Haufen in die Richtungen Gutach und Triberg ausmachen, und wunderten uns darüber. Mit dem Fernglas sah es so aus, als hätten die Hornberger an strategischen Stellen die Straßen mit Badewannen versperrt. Einen Freund von mir der ebenfalls über ein Funkgerät verfügte konnten wir über CB erreichen, und er bestätigte uns, dass es sich hier um Sanitärartikel handelte. Er meinte es sah zum brüllen aus, als sich im Ort rund dreihundert Hornberger am vorherigen Tag trafen und dann einer Ameisenstraße gleich mit diversem wie Badewannen, Waschbecken, Bidet, Kloschüsseln und Anderem beladen durch die Straßen liefen.

Aber das ganze machte schon Sinn. Hornberg war ja die Heimat eines großen und weltweit bekannten Unternehmen das Sanitärartikel wie Kloschüsseln, Badewannen und Waschbecken produzierte. Nun hatte man mit dem Einverständnis der Chefetage diese Gegenstände aus den Lagern geholt, von den LKW genommen (die ja nicht mehr liefern konnten) und für die Blockaden genutzt.

Das Ganze war so kunstvoll übereinander gestapelt, dass man einfach nicht darüber klettern konnte ohne abzustürzen oder vielleicht auch ein richtig schweres Waschbecken auf den Schädel zu bekommen, und bei dem Versuch die Sperre mit Fahrzeugen zu durchbrechen, würden die Türme einstürzen und was nicht direkt durch die Windschutzscheibe brechen würde, würde auf der Straße scharfkantig zerbrechen und die Reifen aufschlitzen.

Überraschung und Planungen

Als wir abends nach dem Essen in der Stube beim planen saßen, ließ Susanne zwischendurch nur kurz verlauten sie hätte eine große Überraschung, und wir sollten uns am nächsten Tag auf etwas "gefasst" machen. Mehr wollte sie uns jedoch nicht verraten. Am nächsten Morgen nach dem Frühstück bat sie uns, wir sollten noch etwa zwanzig Minuten in der Stube bleiben und dann müssten Peter und ich den üblichen Weg die Wiese hinunter zu den Pferden auf der unteren Weide kommen. Georg solle um sein Bein zu schonen besser hier bleiben und das ganze vom Fenster aus mit dem Fernglas beobachten.

Susanne verließ das Zimmer mit einem schmunzeln im Gesicht, Georg, Peter und ich sahen uns nur fragend an, da wir absolut keine Idee hatten, was uns da erwarten würde. Wir befolgten die Anweisungen wie gewünscht, tranken noch einen Kaffee und gingen dann wie befohlen über die Wiese durch das recht hohe Gras und zwischen diversen Sträuchern hindurch den Hang hinunter, als uns völlig unerwartet eine Hand an den Fußgelenken packte, von den Füßen riss und zu Fall brachte.

Laut lachend stand auf einmal - wie ein Geist aus dem Nichts erschienen - Küken in einem Tarnanzug zwischen uns und meinte, dass wir so was auch gut brauchen könnten wenn wir auf Tour sein würden, dann würde sie sich wohler fühlen.

Sie hatte sich - ohne ein Wort zu sagen, und ohne, dass es einer von uns mitbekommen hatte - einen guten Tarnanzug gefertigt als wir die letzten Tage unterwegs oder anderweitig beschäftigt waren. Das Teil war so einfach wie genial, und obwohl wir vorsichtig über die Wiese gegangen waren, da wir ja nicht wussten was uns erwarten würde, hatten wir sie nicht im Gras liegen sehen und liefen direkt an ihr vorbei.

So sehr ich Küken mochte, so sehr erschien sie mir manchmal geradezu unheimlich, wurde ich zeitweise das Gefühl nicht los, dass wir es bei ihr mit einer uns völlig unbekannten Größe zu tun hatten, denn immer wieder verblüffte sie uns mit diversen solcher Ideen und Taten.

Folglich fertigten wir uns mit ihrer Hilfe, unter ihrer Anleitung und einer alten Nähmaschine mit Wipp - Pedal von meinen Großeltern, die bislang nur als Deko herumstand - jedoch voll funktionsfähig war - aus einem Stapel alter Kartoffelsäcke und mit Schnüren Tarnanzüge und Mützen, die man an den Schnüren jederzeit schnell mit der vorhandenen Vegetation behängen und sich so sehr gut tarnen, ungesehen an bestimmte Stellen oder Ereignisse bis auf wenige Meter herankommen konnte.

Wenn wir nicht gerade mit herumblödeln, dem Garten, sonstigen Arbeiten oder der Jagd nach Informationen per Funk beschäftig waren, überlegten wir uns was wir wollten, brauchten, wo was am besten zu bekommen wäre und planten diverses durch. Bislang machten wir uns nach alter Väter Sitte mit Papier und Stift die Listen, hielten unsere Ideen fest, als Küken eines Abend´s meinte, wir würden bald den Überblick verlieren bei all diesen vielen Blättern, Notizen und Zetteln, und da vermisse sie jetzt die Technik schon ein wenig.

Sie sah mich verschmitzt an als erwarte sie von mir ein kleines Wunder, als ich nicht gleich verstand was sie meinte, zeigte sie mit dem Finger nach unten auf den Boden, genauer gesagt auf den Keller, und nun ich konnte mir ein Grinsen nicht verkneifen.

Küken kannte mich wohl schon recht gut und hatte die Vermutung, dass ich vielleicht auch noch einen Computer gebunkert haben könnte, und in diesem Moment erinnerte ich mich wieder daran, tatsächlich einmal etwas in dieser Richtung verpackt zu haben, nebst einem Drucker und nötigem Kleinkram.

Peter und Georg verstanden nicht was die Gestik von Küken und mein Grinsen zu bedeuten hatten und sahen sich verwirrt an. Ich verschwand für etwa zehn Minuten und kam dann mit einer Blechkiste zurück in die Stube und stellte diese auf den Tisch. Als ich die Kiste langsam öffnete um die Spannung zu steigern - den Aufkleber EDV mit einer Hand abdeckend - entfuhr Küken ein Freudenschrei, Peter und Georg viel die Kinnlade runter.

In der Box befand sich ein recht kleiner und mit Akku betriebener Drucker, Reservekartuschen mit Tinte, nötige Kabel, sowie zwei kleine Notebook. Alle Teile ließen sich über unsere Solarladestation laden und in Betrieb nehmen. So konnten wir nun alles wesentlich übersichtlicher notieren, Papier sparen, jederzeit die ganzen Listen und Tabellen umstellen, aktualisieren, erledigtes löschen und bei Bedarf auch das Nötige ausdrucken. Die beim Betriebssystem mitgelieferten und installierten Spiele waren eine gute Sache und wurden gerne von uns gespielt.

Da wir - zumindest zum aktuellen Zeitpunkt - davon ausgingen, dass wir eventuell auch im Winter noch zusammen sein würden, kamen gegen die langen Tage im Winter wo es draußen kaum bis keine Arbeit gab, die Abende lang waren, nur Bücher und die verschiedensten Kartenspiele und Brettspiele in Frage, um die Langeweile totschlagen zu können und um sich in dieser Zeit nicht gegenseitig auf die Nerven zu gehen.

Wir bedachten einfach einmal alles soweit möglich und planten so schon jetzt die nächsten Monate bis zu Frühjahr grob durch.
Auch benötigten wir noch eine gut funktionierende Gefriertruhe, da die bei mir vorhandene entweder die EMP nicht überlebt, oder beschlossen hatte einfach zeitgleich den Löffel abzugeben.
Wir (Peter, Georg und ich) wollten das mit der Gefriertruhe zeitnah angehen und waren unterwegs über die schon zur Gewohnheit gewordenen Schleichwege durch die Wälder. An der Stelle vorbei wo wir damals Georg oberhalb von Niederwasser gefunden hatten, dann rechts den Berg runter, ein paar Meter über die B33 und rechts wieder den anderen Berg hoch, um oberhalb Triberg vorbei Richtung Schonach zu kommen, wo wir einen Bekannten von Georg besuchen wollten - mit dem wir ebenfalls per Funk Kontakt hatten - und der uns eine große, funktionierende Kühltruhe versprochen hatte.
Kurz vor Triberg auf einem sehr schmalen Waldweg auf dem man immer wieder verdammt nahe an den Fahrbahnrand kam, sah Peter gerade zufällig links aus dem Fenster den Hang hinab und äußerte eben noch seine Meinung, dass er da auch nicht runter fallen wollen würde, als er plötzlich hektisch "stopp - stopp" schrie. Ich trat in die Bremse und wollte ihm gerade erklären, dass solch erschreckende Schreie von hinten in mein Ohr nicht gerade hilfreich waren und wir so schneller als gewollt einen Unfall bauen könnten, als er uns zeigte, dass ein Fahrzeug etwa fünfzig Meter unterhalb des Weges reichlich zerstört zwischen den Bäumen im Gebüsch lag, und er glaubte dort auch eine Person zu sehen.
Georg griff sich das Fernglas, stieg aus, humpelte mit seinem Gipsbein hinten um den Wagen herum an

den Rand des Weges und sah hinab. Recht kleinlaut meinte er, das Unglück musste eben erst vor kurzem geschehen sein, denn aus dem Motorraum stiegen noch kleine Rauch- oder Dampfwölkchen auf, und er würde dort vier Personen sehen die schwer verletzt schienen, sich jedoch - wenn auch kaum erkennbar - bewegten. So kletterten Peter und ich vorsichtig den Hang hinab in der Hoffnung helfen zu können und nicht in eine Falle zu tappen.

Unten bei dem demolierten Fahrzeug angekommen war uns gleich klar, dass das keine Falle sein konnte, denn keiner wäre wohl so bescheuert sich und den anderen die Knochen zu brechen um Unvorsichtige anzulocken.

Wie durch ein Wunder hatten die drei Insassen den Horrorunfall überlebt. Einer lag noch im Wagen, zwei in unmittelbarer Nähe, die vermeintlich vierte Person die Georg zu sehen glaubte, war nur eine Jacke im Gebüsch die sich im Wind leicht bewegt hatte. Mit dem Verbandskasten den wir gleich mit hinab genommen hatten, sowie unter Zuhilfenahme einiger Aststücke und Kleidungsstücken die wir bei dem Wagen fanden, konnten wir wenigstens die Brüche einigermaßen stabil schienen und die Wunden verbinden. Alle drei hatten verständlicherweise heftige Schmerzen, waren jedoch bei Bewusstsein und hatten scheinbar auch keine Verletzungen an der Wirbelsäule oder den inneren Organen, soweit wir als Laien das beurteilen konnten. Alle drei waren junge Männer im Alter von etwa fünfundzwanzig Jahren.

Einer erzählte uns, dass sie nicht weit von hier zusammen mit Anderen leben würden und auf dem Rückweg von einer Erkundungsfahrt waren, als plötzlich der Wagen nach links ausscherte

- irgendetwas an der Lenkung musste gebrochen sein - und über den Rand fuhr, noch bevor der Fahrer reagieren konnte. Das Unglück geschah höchstens dreißig Minuten bevor wir eintrafen. Um leichter wieder auf den Weg hoch zu kommen, da wir jetzt ja noch den Verletzten helfen mussten, nahm Georg ein langes Seil aus dem Wagen, befestigte es an der Anhängerkupplung und warf es uns den Hang hinab zu.

Ganze drei Stunden benötigten wir vom Abstieg über die Erstversorgung bis zu dem Moment, als wir den Dritten und somit Letzten den Hang hoch zu unserem Wagen gebracht hatten. Wir waren alle am Ende unserer Kräfte, quetschten die drei Patienten so gut es ging in unseren Wagen, und brachten sie zu dem Haus, wo sie mit weiteren Leuten zusammen lebten. Das Haus - auch ein kleiner alter Hof - war keinen Kilometer entfernt, jedoch im nächsten Seitental, und so hatte man dort davon nichts mitbekommen. Als ein unbekanntes Fahrzeug dort erschien, sah man einige Leute die gleich nach Waffen griffen und sehr vorsichtig waren, wir wurden jedoch nicht bedroht. Als gesehen wurde, dass wir Angehörige ihrer Gruppe dabei hatten und diese verletzt waren, kamen einige gleich zu uns um zu helfen und die Waffen verschwanden.

Wir wurden eingeladen zu bleiben und bekamen etwas zu essen und zu trinken. Das bleiben lehnten wir jedoch dankend ab da wir nach Schonach wollten und - was jetzt zeitlich nicht mehr möglich war - vor Einbruch der Dunkelheit wieder zurück auf dem Hof sein wollten. Da die Gruppe kaum medizinisches Material oder Medikamente hatte, überließen wir ihnen noch zwei Dosen unsere Heilsalbe und gaben ihnen noch einige Ratschläge, wie sie bei den drei

Verletzten die Schmerzen lindern konnten, bis sie einen Arzt aufgetrieben hatten, der die Verletzungen richtig behandeln konnte.

So machten wir uns wieder auf den Weg, trafen uns mit dem Bekannten von Georg, luden die Kühltruhe auf das Dach des Wagens und zurrten diese so fest, dass sie nicht verloren gehen konnte, und machten uns schneller als gewollt wieder auf den Heimweg. Es war schon gut eine Stunde dunkel, als wir zu Hause eintrafen. Die Truhe blieb wo sie war, denn diese konnten wir auch am nächsten Tag abladen. Wir waren total am Ende, wollten nur noch kurz etwas essen und dann ins Bett.

Es gibt so ein Sprichwort das da sagt "Scheiße läuft immer nach unten". Auch wenn es völlig anders gemeint ist, waren wir doch froh, dass sich dieses als physikalisch völlig korrekt bewahrheitete. Da wir recht hoch über Hornberg waren und einige hundert Meter die Abwasserleitung nach unten führte, hatten wir auch keine Probleme mit der Kanalisation, konnten unsere WC´s weiterhin wie gewohnt nutzen, und mussten nicht irgendwo im Freien Löcher buddeln und "Donnerbalken" anbringen.

Viadukt in Hornberg

Aufpassen und Neuzugänge

Meine Motto "sicher ist sicher" und "Fremden ist - vorerst - nicht zu vertrauen", wurde von den anderen geteilt, und so beschlossen wir, immer ein offenes Auge zu haben und dachten auch daran, dass regelmäßig einer von uns Wache schieben sollte um nicht überrascht zu werden. In gewissem Maße verließen wir uns auch auf Hund, der den ganzen Tag hier um den Hof schlich und sicher Fremde bemerken würden. Wir waren zwar aufmerksam, aber scheinbar handhabten wir die Sache doch zu lasch.

Kurz gesagt könnte man es so ausdrücken: Wir null, Hund zwei.

Wir waren gerade bei der Gartenarbeit am auflockern des Boden, entfernen von Unkraut und dem gießen unserer Pflanzen als Hund den Kopf hob, die Lefzen nach oben zog und ein tiefes Knurren aus seiner Kehle stieg. So hatte ich ihn noch nie gesehen. Wir erschraken und blickten alle in die Richtung in die Hund sah, und noch bevor wir irgendwie reagieren konnten, sprintete dieser schon laut bellend los in Richtung Wald.
Wir warfen alles hin und rannten hinterher. Zum Glück ging es nicht bergauf, und "wir" rannten wäre schon stark übertrieben. Küken und Peter rannten, Georg fiel humpelnd etwas zurück, war jedoch nur unwesentlich langsamer als ich - eine Raucherlunge schien wohl doch nicht das wahre zu sein -. Unsere Jungspunde waren schon bei den ersten Bäumen, Georg und ich noch knappe zwanzig Meter davon entfernt, als wir eine Frau schreien hörten.

Wir hatten nicht einmal einen Knüppel in der Hand, und hätten sich da mehrere Personen mit bösen Absichten oder gar Waffen befunden, hätten wir wohl recht alt ausgesehen. Am Wald angekommen sahen wir etwa zehn Meter im Wald und mit dem Rücken zu einem Baum stehend eine Frau und einen Mann, und Hund stand knurrend davor.

Sie waren anscheinend unbewaffnet, hatten nur Rucksack und Umhängetasche bei sich und schoben Panik. Nachdem wir nun auch da waren, wurden die beiden für Hund wohl uninteressant und er machte sich wieder daran die Umgebung zu durchstöbern. Wir nahmen sie mit zum Hof und fragten sie erst einmal aus, da wir in Erfahrung bringen wollten ob sie alleine waren oder sich vielleicht doch noch mehr Personen im Wald versteckten, und wissen wollten was sie hier zu suchen hatten, bzw. wie sie hier her gekommen waren. Sie leerten ohne aufgefordert worden zu sein ihre Taschen um zu zeigen, dass sie nichts gefährliches bei sich hatten. Wie "wachsam" wir waren sah man daran, dass uns die beiden schon über zwei Stunden beobachtet hatten und sich nicht schlüssig waren ob sie nun umdrehen, uns umgehen oder auf uns zu gehen sollten, und wenn, wie.

Hund hatte sie scheinbar auch erst bemerkt als der Wind sich gedreht hatte, aber ER hatte sie bemerkt und auch sofort reagiert. Die Entscheidung hatte man ihnen somit abgenommen.

Wir erfuhren, dass sie ein Ehepaar aus Freudenstadt waren, keine Kinder hatten und vor dem Chaos aus der Stadt geflohen waren auf der Suche nach einem neuen Zuhause. Sie hatten bislang an verschiedenen Orten und auf einigen Höfen bei der Arbeit geholfen, bekamen dafür zu Essen und einen Schlafplatz, aber konnten jeweils nur ein paar Tage bleiben.

Von einigen Höfen wurden sie auch von den Bauern - zum Teil mit Schrotflinten in den Händen - vertrieben. Sie kamen aus einem Vorort von Freudenstadt und am Tag des Blackout hatte ein abstürzendes Kleinflugzeug zielsicher ihr Haus getroffen, völlig zerstört, und als sie am Abend zu Fuß nach Hause kamen, hatten sie kein Zuhause mehr.
Deshalb zogen sie gleich am nächsten Morgen nach dem Blackout los - nachdem sie die Nacht in einem Gartenhaus verbracht hatten - auf der Suche nach einem Platz wo sie bleiben und sich sicher fühlen konnten. Sie wussten uns ansonsten leider nicht viel Neues zu erzählen.
Da wir doch schon mehr wussten, klärten wir sie zum aktuellen Stand auf, was beide sichtlich erschreckte. Interessant für uns war auf jeden Fall, dass sie unterwegs mehrmals auf halb verwilderte Hunde, meist einzelne Tiere, teils aber auch in Rudeln, gestoßen waren. Das letzte Rudel hatten sie erst am Tag zuvor nur wenige Kilometer von hier gesehen. Wieder ein Punkt an den wir nicht gedacht hatten und uns darauf einstellen mussten, und so wollten wir ab sofort die Tiere über Nacht - auch wenn es ihnen nicht gefallen würde - in den Stall bringen.
Wie es sich gehört, stellten wir uns nun einander mit Namen vor und erfuhren, dass die zwei Sabine und Wolfgang hießen und beide achtunddreißig Jahre alt waren. Wolfgang war Hausmeister gewesen und Sabine hatte in einem Lokal in der Küche gearbeitet.
In diesen Tagen entfernten wir den Gips von Georg´s Bein und brachten keinen neuen mehr an. Er ging zwar noch recht unsicher da ihm die Kraft im Bein fehlte und der Muskel erst wieder aufgebaut werden musste, aber er konnte wie die letzten Tage noch mit Gips, sich ohne Schmerzen bewegen und sollte

Wochen später wieder voll hergestellt und belastbar sein. Georg war überglücklich sich am Bein auch wieder kratzen zu können wenn es juckte, das Jucken hatte ihn die letzten Wochen des öfteren beinahe in den Wahnsinn getrieben.

So etwas wie die fünf Tage Woche und freies Wochenende gab es bei uns ja nicht, an manchen Tagen jedoch erledigten wir nur das Nötigste und gönnten uns einen freien Tag wo wir einfach nur in der Sonne lagen, redeten, Spiele spielten oder einen kleinen Wettkampf im Bogenschießen durchzogen. Wolfgang und Sabine wollten nichts mit Waffen zu tun haben, und wir konnte sie auch nicht davon überzeugen, dass es ja ihrer eigenen Sicherheit dienen würde.

Mein Tag fing - zumindest die letzten Jahre seit ich alleine auf meinem Hof lebte - erst dann gut an, wenn ich morgens nach dem aufstehen in Ruhe an der Haustür sitzend meine zwei Tassen Kaffee und mindestens eine Zigarette hatte, und dem Hund dann beim herumspringen zusehen konnte. In der neuen Situation mit Menschen um mich herum hatte ich das nur noch recht selten, und so erlebten mich die Anderen auch öfter einmal mürrisch, weil mein Tag einfach nicht so begann, wie ich es gewohnt war. Zu meinem Glück hatten alle Verständnis dafür als ich mich diesbezüglich outete und ließen mir morgens meist die Zeit, die ich benötigte.

Es war sonnig, später Vormittag und wir waren wieder an der Gartenarbeit, als wir - erst leise und weit entfernt, dann lauter werdend - mehrere Motoren hörten, die scheinbar auf der Straße im Wald auf uns zu kamen. Wir waren wie erstarrt und wussten zuerst nicht wie wir reagieren sollten.

Wir ließen unsere Gartenwerkzeuge fallen, rannten

zum Hof, bewaffneten uns mit Pfeil und Bogen und liefen dem Lärm entgegen. Nach gut dreihundert Meter machten wir langsam und schielten vorsichtig hinter Sträuchern hervor um eine Kurve. Hinter unserer Absperrung die wir vor Wochen durch einen Erdrutsch erzeugt hatten, traf gerade eine Gruppe mit rund dreißig Motorrädern und entsprechend vielen Leuten ein, die mit Gewehren bewaffnet waren.

Sie wirkten in Jeans, Lederbekleidung und völlig ungepflegt recht bedrohlich, obwohl ja das nicht gepflegte Aussehen nicht wirklich viel aussagte, denn so wie alle in diesen Wochen aussahen, hätten auch wir nicht unbedingt an einem Schönheitswettbewerb teilnehmen können. Dennoch drängten sich bei diesem Anblick Vergleiche und Parallelen zu den verschiedensten Endzeitfilmen auf die man im Fernsehen oder Kino gesehen hatte, und wenn man versuchte sich Ärger vorzustellen, dürfte das ziemlich genau so ausgesehen haben. Soweit wir das von unserem Platz aus sehen konnten waren es ungefähr dreißig Männer im Alter von etwa zwanzig bis sechzig Jahren, sowie vielleicht auch noch fünfzehn Frauen verschiedenster Alter.

Alle fuhren schwere Straßenmaschinen und - zum Glück für uns - keine Geländemotorräder. Helme schienen aus der Mode gekommen, und nach dem was wir aus der Entfernung den Wortfetzen die wir vernahmen, der Sprache, dem Dialekt entnehmen konnten, handelte es sich wohl um Menschen aus dem Rheinland, möglicherweise Pfälzer, Hessen oder Saarländer.

Als den Biker nach rund fünfzehn Minuten klar wurde, dass sie hier nicht so einfach weiterkommen würden, wendeten sie nun laut fluchend ihre Maschinen und fuhren lautstark davon. Nach der Ruhe der letzten Wochen an die man sich schnell gewöhnt hatte, schmerzte uns jetzt der Lärm durch die vielen Motoren und wir hielten uns die Ohren zu, als sie davon donnerten. Wir konnten mit unserer Arbeit mehr als zufrieden sein, denn es hatte noch nicht einmal einer versucht über das Hindernis zu kommen um zu sehen wie es weiter ging. Ob wir in diesem Moment den ersten Plünderern entgangen waren wussten wir zwar nicht, vermuteten es jedoch schwer.

Hund blieb die ganze Zeit über bei uns liegen und beobachtete hoch konzentriert die Szenerie. Wir befürchtet schon er würde los spurten, aber er hatte sich gut unter Kontrolle und wusste wohl, dass es besser war sich hier ruhig und bedeckt zu halten. Man sah ihm genau an, dass er ebenfalls sehr angespannt war, manchmal er zog die Lefzen hoch, zeigte seine Zähne und ließ ein tiefes grollendes Knurren vernehmen, das man jedoch mehr spürte als hörte, konnte sich jedoch ein lautes Knurren oder ein Bellen verkneifen.

Da auf Grund der völlig veränderten Situation alles anders war, man nicht mehr acht Stunden arbeiten ging und danach dann irgendwelche Freizeitpläne verfolgte, Waschmaschinen nicht mehr - oder nur wenigen - zur Verfügung standen, das Überleben wichtiger wurde als das Aussehen, rasierte man sich seltener, die Bekleidung wurde länger getragen als bisher und so sahen die Allermeisten recht bald etwas heruntergekommen aus, und rochen auch entsprechend, woran man sich jedoch schnell gewöhnte und es zum Alltäglichen wurde. In den geplünderten Geschäften war schon lange nichts mehr zu finden was für die Hygiene, das eine oder andere Wehwehchen zu brauchen gewesen wäre, in Apotheken und bei Ärzten war ebenfalls nichts mehr zu bekommen.

Für kleinere Kratzer und Wunden die wir alle uns zwangsläufig hin und wieder zuzogen weil man sich aus versehen mit einem Messer geschnitten hatte, gestolpert, gestürzt oder einmal irgendwo entlang geschrammt war, vom arbeiten Blasen an den Händen oder einfach nur trockene und rissige Haut hatte - und was einem sonst noch alles passieren kann -, produzierten wir uns unsere eigene Heilsalbe aus Tier und Pflanzenfett das wir auf Streifzügen ergattern konnten, sowie Ringelblumen aus meinem Garten.

Wir erhitzten viel Fett in vier großen Töpfen, nahmen kurz vor dem Sieden die Töpfe vom Herd, gaben die Blütenköpfe von den Ringelblumen hinein, rührten öfter um und ließen dann über Nacht das ganze stehen, damit die Wirkstoffe sich von den Pflanzen lösen und in das Fett übergehen konnten.

Am nächsten Tag erwärmten wir die Töpfe noch einmal auf dem Herd bis alles wieder flüssig war, gossen das Gemisch durch einen Sieb in einen weiteren Topf, und füllten anschließend die flüssige Salbe zum abkühlen gleich in Gläser und Dosen mit Schraubverschlüssen.

Da hier weder Fett noch Ringelblumen Mangelware waren, produzierten wir gleich eine größere Menge um etwas zum Tausch zu haben für Dinge die wir noch brauchen konnten. Die selbst gemachte Salbe roch wirklich sehr gut und wirkte unter anderem entzündungshemmend, antibakteriell, abschwellend und auch krampflösend.

Ähnlich lief das ganze ab bei Hustensaft, Seife und anderen Sachen. Aus etwas Fett (zum binden der verschiedenen weiteren Anteile), Asche, Sand, Sägemehl, Seifenkraut und gut riechenden Pflanzen wie den Köpfen der Ringelblumen die wir noch von der Heilsalbe hatten, fertigten wir primitive Seifen, die ganz gut zu brauchen waren. Aus drei Gläser Honig die ich noch hier hatte, brauten wir zusammen mit Spitzwegerich - der überall wie Unkraut wuchs - einen echt lecken Sirup, der gut war bei leicht entzündetem Hals oder bei Husten. Ebenfalls aus Spitzwegerich und fünf Kilo karamelisiertem Zucker machten wir uns einfache Bonbon.

Geld war in dieser, für die Gesellschaft neuen Situation wertlos, und es ließ sich nicht abschätzen ob oder wann man es nochmal brauchen würde. Konnte man die ersten Tage noch etwas für Bargeld bekommen, wollte es jetzt keiner mehr annehmen. Es lebte der Tauschhandel, mit Geldscheinen konnte man sich - zumindest im Moment - bestenfalls den Hintern abwischen oder diese zum anheizen verwenden, Münzen taugten nur noch um damit zu spielen oder um ein Tischbein zu unterlegen, damit der Tisch nicht mehr wackeln konnte.

So hatten wir bei unseren Fahrten auf der Suche nach Nützlichem und Brauchbaren stets einen Karton mit einigen Seifen, ein paar Gläser mit Salben, Hustenbonbon und Hustensaft dabei, die sich als durchaus begehrte Tauschwaren herausstellten. Da wir seit Beginn des Chaos immer so viel als möglich an allem Möglichen gesammelt hatten, besaßen wir nun schon einen entsprechend großen Bestand an Dingen die wir nun eintauschen, oder auch an die Menschen verschenken konnten die dringend etwas benötigten, jedoch nichts anzubieten hatten.

Als wir Sabine und Wolfgang zum ersten mal mit auf den Bergkamm hoch nahmen um ihnen die Stelle zu zeigen wo wir unseren Wachposten bezogen und wie die Funkgeräte zu bedienen waren - dies übernahm Peter während Küken und ich uns im Garten beim zupfen von Unkraut vergnügten - erfuhren wir von einem Funker aus dem Raum Frankfurt, was dieser selbst dort die letzten Tage erlebt hatte.

Während zu Beginn der Plünderungen erst einmal nach "normalen" Nahrungsmitteln, Getränken, Geld und technischen Geräten - warum verstehe ich bis heute nicht - gesucht wurde, blieben Spirituosen oft erst einmal stehen. Dies war dann für einige Alkoholiker ein kleines Paradies. Als jedoch Wein und Schnaps aufgebraucht waren, begannen viele - getrieben von ihrer Sucht - in der Not Parfüm, Spiritus und ähnliches mit Alkohol zu trinken, mit teils verheerenden Folgen. Einige vergiftetet sich und starben, andere erblindeten und irrten stolpernd durch die Gegend bis sie irgendwo hinabstürzten, sich verletzten, oder als wehrloses Opfer von anderen niedergeschlagen und ausgeraubt wurden. Manche setzten sich resigniert und des Lebens müde einfach nur still in eine Ecke, wo sie auf den Tod warteten.

Es wurde berichtet von Blinden, Tauben, Stummen und anderweitig behinderten Mitmenschen, die oft absolut hilflos waren und meist keine Hilfe bekamen, die sogar noch verspottet wurden wenn sie sich nicht selbst helfen konnten.

Bei solchen Berichten blutete einem das Herz, man schämte sich ein Mensch zu sein und wäre am liebsten mit einem großen Hammer dazwischen gegangen, um die Menschen wieder zur Vernunft zu bringen und ihnen Verstand einzuhämmern.

Auf dem Rückweg vom Berg zum Hof kam Wolfgang auf die Idee, wir könnten mit geringem Einsatz an

Material und Arbeit oben bei der Antenne einen kleinen Unterstand errichten, um bei schlechtem Wetter, gerade Nachts, geschützt zu sein.

"Hund" auf Kontrollgang

Echte Wache, weitere Berichte, Schulung

Ende Juni, nach dem Sabine und Wolfgang uns vor kurzem erst mit ihrem auftauchen so überrascht und vor Augen geführt hatten, wie schnell und unbemerkt uns sich Personen nähern konnten (auch wegen dem Auftauchen der Biker) und Wolfgang die Idee dazu hatte, errichteten wir nun oben auf dem Berg bei der großen Antenne mit Balken und Brettern, Nägeln und Folie, einen provisorischen Unterstand. Gut getarnt zwischen Büschen und kleineren Bäumen, und mit Tannenzweigen behangen, wo es sich auch bei sehr schlechtem Wetter aushalten ließ, man sitzen konnte und auch die Funkgeräte im trockenen hatte.

Irgendwann empfingen wir über Radio - wobei uns klar war, dass wir eine Bandaufnahme hörten die als Schleife lief -, dass man ruhig bleiben, aushalten und abwarten solle, denn die zuständigen Stellen wären schon dabei das Durcheinander einzudämmern und die Ordnung zeitnah wieder herzustellen. Plünderer würden ohne Rücksicht sofort erschossen, und die Energieversorgung würde schnellstmöglich wieder hergestellt. Was da aus dem Radio zu hören war ließ Hoffnung aufkommen, die wie sich später zeigte - zumindest nicht hier - nicht bewahrheitete. Auch widersprach das gehörte im Radio den Berichten, die wir über Funk bekamen, und wir glaubten in diesem Fall doch eher den unabhängigen Informationen der Funker als dem Radio. Auch Wochen und Monate später, war weder von Behörden oder Bund bei uns im Schwarzwald etwas zu sehen.

Über Funk erfuhren wir Geschichten die unglaublich klangen, auch wenn sie ganz genau genommen nur eine logische Folge der Situation und der handelnden Menschen waren.

Ein Funker berichtete uns, er habe aus zuverlässigen Quellen gehört, dass in den Zoo´s verschiedenste Tiere wie Ziegen, Schafe und andere Weidetiere geschlachtet worden waren um Fleisch auf den Teller zu bekommen, die Reste von diesen Schlachtfesten, sowie die exotischen Tiere wurden an die Raubtiere verfüttert, und diese wurden dann - als nichts mehr da war das noch verfüttert hätte werden können - erschossen.

Andere Funker wussten zu berichten, dass man in einigen Gefängnissen wohl alle Insassen einfach entlassen hatte, weil man mangels dem zum Dienst kommenden Mitarbeitern, und auch wegen fehlenden Nahrungsmitteln keine andere Möglichkeit sah, man wollte ja menschlich sein.

Das krasse Gegenteil waren Informationen aus einer anderen Quelle, auch über Funk, nach welchen in anderen Gefängnissen rigoros und ohne ein langes federlesen, einfach kurzerhand die Schwerkriminellen in ihren Zellen mit Schusswaffen hingerichtet wurden, da die Verantwortlichen wohl der Meinung waren, sie könnten es nicht mit ihrem Gewissen vereinbaren diese gefährlichen Verbrecher in diesem Chaos auch noch auf die Menschheit los zu lassen, und es wäre immer noch humaner, als sie verhungern zu lassen.

Ähnlich lief es Berichten zufolge auch in Psychiatrien ab, wo man den harmloseren Patienten die Freiheit schenkte, und die gefährlichen in ihren Zimmern und Zellen ihrem Schicksal überließ. Angeblich gab es auch vereinzelte Tierschützer die Raubtiere einfach aus den Zoo´s befreiten und frei ließen.

Ein weiterer "Berichterstatter" meinte nur, früher gab es auch jedes Jahr achthunderttausend Arbeitunfälle wovon rund fünfzigtausend direkt tödlich verliefen, Andere noch gerettet werden konnten.

Dies hatte sich jetzt mit der Verabschiedung der Energieversorgung auch nicht wirklich geändert, neu war nur die ausbleibende Hilfe, wodurch wesentlich mehr Menschen den verschiedensten Mißgeschicken erlagen.

Man spaltete nicht nur Holz, sondern erwischte auch noch den Fuß oder das Bein und verblutete, oder man sägte sich mit Kettensägen Gliedmaßen ab, und vieles derlei mehr.

Da wir nun schon eine recht brauchbare Truppe waren, wo sich durch die vielen Hände die Arbeiten aufteilten, schnell erledigt waren und den Einzelnen entlastete, wurde nun jeden Tag von morgens bis abends, oft auch nachts, unser Ausguck besetzt.

Wobei jeder von uns für drei bis vier Stunden auf dem Bergkamm stationiert war um die Umgebung mit einem Fernglas zu beobachten und den Funkverkehr ständig zu überwachen, um für uns vielleicht wichtige Nachrichten aus dem näheren Umfeld zu bekommen und nichts zu verpassen.

Wir hatten uns darauf verständigt, sofern nichts gravierendes geschehen würde, uns abends beim Essen dann gegenseitig auf den neuesten Stand zu bringen über Sichtungen und Funk - Informationen.

Über einen Amateurfunker aus dem Rheinland erfuhren wir einmal, dass in seiner Umgebung viele Menschen die ein Haus oder eine Wohnung hatten, Fremde aufnahmen um nicht alleine zu sein und um sich gegenseitig helfen und sich schützen zu können.

Andere, die durch abgestürzte Flugzeuge, Brände oder Plünderer alles verloren hatten begaben sich nun zu Flüchtlingslagern um dort unterzukommen.

Es war interessant zu hören, zu erleben, wie in dieser Situation die Menschen auf einmal wieder gläubig wurden und nach Jahren oder gar Jahrzehnten

wieder anfingen zu beten. Wie unwichtig nun plötzlich die Unterschiede zwischen dem gesellschaftlichen Stand, ob Reich oder Arm, der vielen verschiedenen Religionen, der Sprachen und Hautfarben wurde, weil man Angst und Hunger hatte, man sich gegenseitig helfen und Schutz bieten konnte. Genau genommen trafen nun hier im Land Flüchtlinge auf Flüchtlinge. Für Viele war es sicher eine glückliche Fügung in der Nähe Flüchtlingsunterkünfte zu haben, denn diese Menschen wussten oft wie man mit einfachsten Mitteln leben und überleben konnte. Und auch die Flüchtlinge hatten Glück wenn jemand hinzu kam, der wenigstens ansatzweise die heimischen Pflanzen kannte und wusste was essbar war und was besser gemieden werden musste. Es wurde vielerorts ein zusammenleben der verschiedensten Menschen mit unterschiedlichsten Hintergründen und Religionen.
Durch einen anderen Funker von der französischen Grenze bekamen wir Informationen über Landesweit total zerstörte Umspannwerke, Verteilerstationen und auch Hochspannungsleitungen. Und was Ende März nicht sofort durch den EMP ins technische Nirwana geschickt wurde oder abstürzenden Flugzeugen zum Opfer gefallen war, wurde nun durch Randalierer und andere Irre sinnlos zerstört.
Einige machten sich scheinbar einen Spaß daraus mit Sprengstoffen, die sie irgendwo gestohlen oder selbst hergestellt hatten, die Hochspannungsmasten zum umkippen zu bringen. Einige Kernkraftwerke in Deutschland und den angrenzenden Ländern waren zum Glück abgeschaltet, teils wegen technischer Probleme, zu Wartungsarbeiten oder weil sie gerade nicht zur Energiegewinnung benötigt wurden, da mit Solar, Wasser und Windkraftanlagen mehr als genug produziert wurde.

Es gab laut der Aussage des Funkers jedoch im Osten sowie in Belgien und Frankreich Kraftwerke die am Netz waren und die Notabschaltung nicht funktioniert hatte, die Reaktoren nun durchgebrannt waren und die Menschen die Umgebung von rund 80 Kilometer um die Reaktoren herum verließen. Er bezweifelte stark, dass vor Jahresende sowas wie ein Stromnetz oder die Kommunikation über Telefon oder Internet zur Verfügung stehen würden.
Wieder ein anderer Funker aus dem Duisburger Bereich berichtete uns noch von den verzweifelten Bemühungen Ende März und im April, Kumpel die unter Tage eingeschlossen waren an die Oberfläche zu bekommen.
Ein vierter Funker aus dem Berliner Raum wusste von einigen Plünderern zu berichten, die sich als Bundeswehrtrupp oder rotes Kreuz tarnten um die Menschen, die ihre Orte bewachten zu täuschen und so oft in die Ortschaften gelangten und zu plündern begannen. Ein Bericht hörte sich an wie der Andere, überall Chaos und Zerstörung.
Nicht so ganz ohne Eigennutz nahmen auch die allermeisten Landwirte in dieser Zeit Menschen aus der näheren Umgebung und den Orten - bevorzugt wurden natürlich Personen die man kannte - bei sich auf die sich selbst nicht helfen konnten, boten ihnen ein sicheres Zuhause und Essen. Im Gegenzug halfen diese Personen bei den täglichen Arbeiten auf dem Hof, beim Vieh, auf den Feldern und bewachten auch rund um die Uhr in Schichten - sehr oft mit Schrotflinten und Jagdgewehren bewaffnet - das Vieh und die Felder, da gelegentlich tagsüber bei abgelegenen Feldern, oft genug jedoch bei Nacht Menschen kamen um Kartoffeln auszugraben und das eine oder andere stück Vieh stahlen.

Dies hat viele das Leben gekostet, denn wenn es um´s überleben geht hört der Spaß auf, da wird erst geschossen und dann gefragt. Auch wenn einer nicht direkt tödlich getroffen wurde - da in der Regel nur Warnschüsse abgegeben wurden - starben dennoch einige, an durch Schusswaffen entstandene Wunden und Streifschüssen, die sich mangels medizinischer Versorgung entzündeten, oder weil eine Blutung nicht gestoppt werden konnte. Da viele die mit Waffen hantierten - woher sie die auch immer hatten -, aber nicht damit umgehen konnten, verletzten sich einige selbst damit oder trafen bei ihren Schießübungen ungewollt Personen in der näheren Umgebung, was oft tödlich ausging.

In diesen Tagen gab ich den anderen der Gruppe die mit Zentralheizungen groß geworden waren und nur gelegentlich ein Feuerchen gemacht hatten einen Kurs im anheizen von Holzöfen und dem Aufbau eines offenen Feuers, da ich ja nicht immer das heizen übernehmen konnte. Georg hatte damit kein Problem, Peter, Küken, Sabine und Wolfgang hatten mit Kachelöfen und Holzherden noch nie etwas zu tun gehabt und ließen sich gerne von Georg und mir erklären, worauf es ankam beim heizen mit Holz.

Es ging ja schließlich nicht nur darum einen Herd zu heizen, sondern auch darum, welches Holz genau - Nadelholz oder Hartholz - dann zum anheizen und nachlegen genommen, und in welchen Mengen oder Größen aufgelegt werden sollte, wie die Ofenklappen oben und unten zu stellen waren damit das Feuer so brannte wie benötigt und gewünscht. Wie man das Feuer - die Glut - auch über Nacht erhalten konnte um morgens wieder auflegen zu können ohne neu anheizen zu müssen, und damit der Ofen die Wärme eben möglichst lange hielt. Schlimmer als ein Feuer das ausging und nicht wärmte, war eine zu große Hitze zu erzeugen die den Ofen beschädigen - sogar auseinander reißen - und uns so im schlimmsten Fall auch unser Zuhause nehmen konnte, wenn der Hof hierdurch abbrennen würde.

Wie soll ich es beschreiben, die ersten Experimente mit Kachelofen und Herd endeten die ersten Tage meist mit einer völlig verqualmten Wohnung, weil man irgendwie vergessen hatte den Abzug zum Kamin zu öffnen oder nicht berücksicht hatte, dass das Feuer von unten genug Sauerstoff benötigt und auch je nach Wetterlage und Außentemperatur der Kamin nicht gleich richtig zog, mit dem gleichen Ergebnis wie mit den Klappen. Es war dennoch ein Mordspaß, und nach einer Woche mit täglichen Versuchen hatten es alle drauf, Herd und Ofen sehr schnell und auch effektiv anzuheizen, ohne dass Nebenwirkungen entstanden und ich doch um unser Anwesen fürchten musste. Wurde zu Beginn Holz aufgelegt welches einfach zu groß oder zu feucht zum anheizen war, wurde schnell begriffen auf was genau es ankam und wie so ein Feuer aufgebaut werden musste.

Ende Juni gab es spät abends noch ein heftiges Sommergewitter. Peter hatte gerade Wache und ihm war dabei nicht wohl so hoch oben, weshalb er beschloss nach Hause zu gehen und war gerade vom Bergkamm runter auf dem Weg zum Hof, als ein Blitz einschlug und es über ihm einen gewaltigen Knall gab.

Als sich dann die Schlechtwetterfront nach einigen Stunden endlich aufgelöst hatte, ging ich zu unserem Unterstand den Berg hoch um Wache zu halten. Die Blitzeinschläge letzte Nacht hatten einige Höfe auf Anhöhen getroffen und in Brand gesetzt, man konnte im Dunkeln die Brände und Flammen in mehreren Richtungen sehen, auch wenn sich die Entfernungen schlecht schätzen ließen. Die Gebäude brannten - wie wir später erfuhren - bis auf die Grundmauern nieder. Auch unsere Antenne im Baum fiel in dieser Nacht einem Blitz zum Opfer. Sie lag in kleine Stücke gerissen in der Umgebung, und das Kabel wo sonst ein Funkgerät angeschlossen wurde sah ebenfalls entsprechend aus und konnte nun abgehakt werden. Wolfgang beschäftigte sich zwei volle Tage intensiv mit dem Funkgerät, Kabeln und Büchern, und konnte nach einigen Versuchen stolz eine Langdrahtantenne präsentieren - die zwischen die Bäume gespannt wurde -, die sogar wesentlich besser funktionierte als die alte.

Gesundbrunnen

Hauptpreis und Frischfleisch

Da wir nun, vermutlich Anfang Juli, sechs Personen waren und in den Orten kaum noch Nahrungsmittel gefunden werden konnten - auf Fleisch war schon gar nicht zu hoffen -, und meine Vorräte so lange wie möglich unangetastete bleiben sollten, hatten wir jetzt drei Möglichkeiten.
Beim Mittagessen und der Diskussion zu dem Thema Frischfleisch, gingen unser aller Blicke gleich durchs Fenster hinaus zu den zwei Galloway und den zwei Schafen. Wir sahen uns nur kurz an und allen war sofort klar, wie groß der Hunger auch sein würde, war das die absolut letzte Option und diese würden eher an Altersschwäche sterben als durch uns. Folglich schied somit eine Möglichkeit sofort aus und uns blieben noch Zwei.
Entweder wir versuchten mit Landwirten Kontakt aufzunehmen um irgendwie durch Tausch oder Arbeit an Fleisch - auch Getreide oder Mehl wollten wir - zu kommen, oder wir mussten uns mit dem Gedanken anfreunden auf die Jagd zu gehen, was jedoch nicht das Problem mit Getreide oder Mehl lösen konnte. Dinge wie Nudeln, Dosenfutter, Müsli, Haferflocken, Eier und Anderes hatten wir ja im Moment noch mehr als genug.
Wir hatten es schon mehr als satt immer das gleiche auf dem Tisch zu haben, und hatten es eigentlich schon satt, es satt zu haben.
In absehbarer Zeit würde zwar noch viel frisches an Obst und auch Gemüse aus unserem Garten hinzu kommen, ebenso würden in einigen Wochen Beeren und Pilze im Wald zu Hauf zu finden sein, dies half uns jetzt jedoch herzlich wenig und bei dem bloßen Gedanken an ein frisches und knuspriges Brot, eine

Grillwurst, ein Schnitzel oder gar ein fettes Steak mit Kräuterbutter, lief uns gleich der Speichel im Mund zusammen und wir fingen schon fast an zu sabbern. Glücklicherweise konnten wir in diesen Tagen zum ersten mal neben einigen Kräutern auch die ersten gewohnten Salatsorten wie Kopfsalat, Endiviensalat und Anderes im Garten ernten, und durften vorerst auf Brennesseln, Sauerampfer und den Löwenzahn verzichten, was uns durchaus schon ein klein wenig glücklich machte.

Die allerersten Radieschen und Rettiche waren zwar eigentlich fast noch zu klein zum ernten, wir konnten uns jedoch kaum zurückhalten und nahmen uns das eine oder andere zum grünen Salat oder abendlichen Vesper aus den Beeten. Da wir in Hornberg von einem Bekannten ein paar Kilo Mehl bekommen hatten gegen das Versprechen, ihm auch einmal einen Gefallen zu tun, konnten wir uns zu den ersten eigenen Salaten sogar ein frisches Weißbrot - noch warm und frisch aus dem Ofen - gönnen. Luxus pur.

Bei den ganzen Überlegungen zu einer möglichen Abwechslung auf der Speisekarte kam Georg die Idee, wir könnten aus den Weinbergschnecken die in großen Massen durch die Landschaft krochen, eine leckere Schneckenpfanne mit Dosenpilzen aus dem Vorrat, sowie mit frischen Kräutern die wir ja bereits zur Verfügung hatten, in Butter gebraten mit Brot und Rotwein auf den Tisch zu bringen.

Susanne und Peter verzogen angeekelt das Gesicht, nachdem Georg jedoch erklärt hatte, dass das was wir hier ja frei Haus geliefert bekamen bislang als Delikatesse in der Gastronomie verkauft wurde, seit Jahrtausenden auf dem Speisezettel der Menschheit stand und um eine Chance bat, ließen beide sich erweichen und auch dazu herab, es wenigstens zu versuchen wenn es dann serviert würde. So machten Wolfgang, Sabine und ich uns ans Werk und suchten gleich rings um den Hof einen ganzen Eimer voll Schnecken zusammen und brachten sie Georg - nicht nur Metzger sondern auch ein verdammt guter Koch -, der diese erst einmal zwei oder drei Tage hungern ließ, und sie dann mit Sabine zusammen zubereitete. So angewidert Peter und Susanne bei der Idee Schnecken zu essen gewesen waren, und erst auch nur ganz vorsichtig davon probierten, so begeistert waren sie nun davon. Während Andere in ihren Gärten Schneckenfallen aufstellten um diese vom Salat in den Gärten fern zu halten und sinnlos töteten, sammelten wir diese regelmäßig ein und ließen sie uns schmecken.

Aber auch hier musste man aufpassen, denn nicht alle - wie die Nacktschnecken - waren genießbar, die Kleineren und essbaren machten unverhältnismäßig viel Arbeit und wurden deshalb von uns verschont und nur aus dem Garten verbannt.

Eine weitere Abwechslung brachten uns Tauben, die hier wild und in größerer Zahl herumflogen. Da ein Luftgewehr zur Verfügung stand und Peter damit gut umgehen konnte, ließ er es sich dann nicht nehmen, einmal vier Tauben zu schießen die er zuvor mit auf der Straße ausgelegten Brotkrümel angelockt hatte.

Das wählerische Verhalten bei der Nahrung das man früher hatte, konnte man sich heute eben nicht mehr erlauben.

Nach einem Gespräch per Funk zum aktuellen Stand der Dinge erfuhren wir, dass es schon Anfang Juli - genauer gesagt der Sechste - war, wie wir vermutet hatten. Wir hatten durch unsere täglichen arbeiten um den Hof und den gelegentlichen Streifzügen gar nicht bemerkt, wie die Zeit vergangen war.

Wolfgang hatte oft mit Kopfschmerzen zu kämpfen und wir konnten ihn auch nicht die ganzen Reserven unserer Schmerzmitteln verbrauchen lassen, folglich musste eine andere Lösung her.
Ich erklärte ihm, er solle sich besser einen Tee aus Weidenrinde oder auch Mädesüß machen um seine Kopfschmerzen in den Griff zu bekommen, oder diese wenigstens lindern zu können. Er sah mich an als wäre ich ein Außerirdischer der ihn soeben ohne Führerschein mit einem gelben Bus überfahren hatte, verstand nicht, wie ein Tee aus Rinde helfen könnte, und hielt mich wohl für leicht bescheuert.
Ich nahm ihn beim Arm, ging mit ihm über die Wiese etwa hundertfünfzig Meter den Hang hinab bis zu einem kleinen Bach, wo viel Mädesüß und Weiden wuchsen, schnitt einen kleinen Ast von einer Weide ab den ich ihm in die Hand drückte, und erklärte Wolfgang was Mädesüß und Silberweide war, und dass der Wirkstoff Salizylsäure der in einer Aspirin war, sich auch in Form von Salicin in der Weide und auch anderen Pflanzen wie Mädesüß befand. Das eigentliche Problem stellte die Dosierung dar, da jede Weide je nach Boden, Alter, Standort, Jahreszeit und anderen Faktoren unterschiedlich stark wirkte.
Wir gingen zurück zum Hof und ich ließ ihn den Ast schälen, einen Tee aufkochen und anschließend vorsichtig in kleinen Schlucken trinken. Er verzog das Gesicht etwas wegen dem echt bitteren Geschmack, spürte jedoch auch, dass nach fünfzehn Minuten und etwa der halben Tasse Tee die Schmerzen bereits zu verschwinden begannen und lächelte mich glücklich an.
Da ich einige meiner weniger entfernten Nachbarn wenigstens oberflächlich kannte, ging ich mit Peter am folgenden Tag zu Fuß zu einigen Landwirten in

der näheren Umgebung und wir fragten - nach dem wir diese auch von unseren ehrlichen Absichten überzeugen konnten - nach etwas Fleisch, Mehl und Getreide, im Tausch für Dinge sie eventuell selbst für sich brauchen konnten und / oder gegen unsere Arbeitsleistung.

Auf einem Hof bekamen wir die Zusage jederzeit Milch zu bekommen, da diese sonst größtenteils weggeschüttet werden müsste, von einem anderen konnten wir im Herbst für die Mithilfe bei der Ernte mit hundert Kilo Getreide rechnen, was uns gut über den Winter reichen würde. Auf dem Rückweg und zufrieden mit unserem Erfolg der die Anderen sicher glücklich machen würde, gingen wir noch auf einem Hof vorbei von dem wir zuvor erfahren hatten, dass dieser seit einiger Zeit leer und - jetzt nicht mehr wichtig - zum Verkauf stand.

Wir sahen uns dort um, und mir fiel ein alter Traktor in´s Auge, den wir mit etwas Glück noch zum laufen bringen konnten, und der Stall war voll mit Heuballen aus dem letzten Jahr. Da wir ja unsere Tiere auch irgendwie über den nächsten, sicher kommenden Winter bringen mussten, wollten wir am folgenden Tag mit dem Auto, Werkzeug, Diesel und einer Batterie nochmals hierher kommen und versuchen den Traktor zum laufen zu bekommen.

Am folgenden Tag ging dann Wolfgang mit mir, damit wir uns den Traktor vornehmen konnten und wir brachten das Teil auch zum laufen. Anschließend durchsuchten wir das Haus selbst Raum für Raum und fanden auch einige nützliche Dinge wie einen Fleischwolf, einige große Töpfe, Milchkannen aus Aluminium - die man auch gut zur Aufbewahrung von Lebensmitteln nutzen konnte - einen Einmachkessel und kartonweise Einmachgläser.

Was es hier für uns nun zu holen gab, kam dem Hauptpreis bei einer Lotterie gleich.

Da der frühere Besitzer wohl auch Imker gewesen war, fanden wir in einer Ecke im Haus sechs fünfzig Kilo Säcke Zucker - die wir wunderbar gebrauchen konnten um diverse Lebensmittel einzumachen, für Marmelade und vieles andere -, drei Eimer voll mit Honig, sowie in der Küche in einem Schrank einen großen Packen Mehl und zwei große Sack mit Salz, das ebenfalls sehr Wertvoll für uns war.

Wir fürchteten zwar nicht, dass irgend jemand der zufällig hier vorbei kam Interesse an Holz, Heu, Stroh oder Hühnerfutter haben könnte, aber sollte eine oder gar mehrere Personen bis zu unserer Rückkehr vorbeikommen, ein Fahrzeug zur Verfügung haben und sehen was hier zu holen war, mussten wir damit rechnen, dass Zucker, Salz und andere Dinge weg sein würden.

Deshalb schleppten wir umgehend alles was wir so nützliches gefunden hatten gleich aus dem Haus und packten bis unters Dach all die Sachen in den Geländewagen der unter dem Gewicht protestierend in die Knie ging, so dass wir schon einen Achsbruch befürchteten und machten uns ganz langsam - jedes Schlagloch und jede größere Bodenwelle meidend - auf den Heimweg.

Die kommenden drei Tage waren Peter, Wolfgang, Sabine und ich damit beschäftigt mit dem Traktor und einem Hänger über die Waldwege hin und her zu fahren, und den gesamten Bestand an trockenem Brennholz, Heu, Stroh und was wir sonst noch an Futtermittel fanden, zu uns auf den Hof zu bringen.

Hier ärgerten wir uns nun schon ein wenig, dass wir Wochen zuvor die öffentliche Straße blockiert hatten, da es auf der Straße wesentlich einfacher gewesen wäre, jedoch waren wir auch ein wenig stolz auf die Sperren die inzwischen schön bewachsen waren und völlig natürlich wirkten.

Georg und Küken übernahmen in diesen Tagen die Wache, die Gartenarbeit und andere Kleinigkeiten. Die Arbeit war hart, staubig, wir hatten viele Blasen an den Händen und schmerzende Muskeln, waren jedoch überglücklich nun weit mehr als genug an Futtermittel für die Tiere, und einige Sorgen weniger zu haben. Neben dem Futter, Holz und den anderen gefundenen Schätzen hatten wir nun ja auch einen Traktor und einen Anhänger für den Transport von weiteren größeren Sachen.

Im Sommer begnügten wir uns mit einer täglichen Katzenwäsche mit kaltem Wasser direkt von der Quelle aus der Leitung, was einen morgens richtig wach werden ließ, und tagsüber bei der Wärme und der körperlichen Arbeit meist sogar angenehm war. Abends oder bei Bedarf auch mit erwärmtem Wasser vom Holzherd, und da wir meist nur abends warmes Essen auf den Tisch brachten, und gleich nach dem Kochen schon gewohnheitsmäßig ein paar große Töpfe mit Wasser gefüllt auf den Herd stellten um die noch vorhandene Hitze zu nutzen, hatten wir abends zumeist warmes Wasser zur Verfügung. Im Winter wurde dies zwar auch so gehandhabt, jedoch einmal wöchentlich gönnten wir uns noch den Luxus, den Generator anzuwerfen um den Elektroboiler im Bad nutzen, und heiß duschen zu können.

Von dem Landwirt wo wir nun seit einigen Tagen täglich die Milch erhielten, bekamen wir wertvolle Tipps, Hilfe und sogar praktische Einweisungen als wir die Frage stellten, wie wir mit einem Teil der Milch denn Käse machen konnten. Er erklärte uns, dass er selbst seinen Käse mit einem Lab - Ersatzstoff - dem

Labkraut - produzieren würde das auch überall in der Gegend wuchs, und zeigte uns wie dies funktionierte. Erklärte uns jedoch auch gleich, dass wegen des starken Eigengeschmack des Kraut der Käse nicht jedermann Sache sei, und dass wir dies durch einige intensiver schmeckende Kräuter, mit Schnittlauch, Petersilie und Anderem überdecken könnten. Als Dank für seine Hilfe brachten wir ihm einen ganzen Sack Zucker, den er auch freudig dankend annahm. So hatten wir nicht nur jemandem geholfen und Hilfe bekommen, sondern auch Freunde gewonnen, da wir in engem Kontakt blieben was sich für beide Seiten als Bereicherung entwickelte.

Es fiel mir schon immer schwer andere um etwas zu bitten, und ich erledigte gerne alles alleine. Aber ich konnte und wollte auch nicht das ganze Brennholz alleine machen und so fragte ich die anderen ob sie mir hierbei helfen würden. Es war mehr als genug vorhanden, einige Kubikmeter trockenes Holz hatten wir von dem verlassenen Hof hier her gebracht das jedoch zum Teil noch gespalten und gesägt werden musste.

Aus dem letzten Jahr saßen noch einige Holzstapel - fertig aufgespalten und schon schön trocken - in Meterstücken in der Nähe, und im Haus gab es noch recht viel an ofenfertigem Holz, das ich letzten Winter nicht benötigt hatte.

Ich hatte mir etwa eine Woche vor Tag X noch einen Langholzzug voll Stämmen liefern und in der Nähe vom Hof ablegen lassen, das für den übernächsten Winter gedacht war. So waren wir nicht gezwungen erst in den Wald zu gehen um das Holz frisch zu schlagen, was uns sehr viel Zeit und Mühe ersparte. Alles in allem einiges, genug für einen langen Winter. Wir wollten das zum heizen im Winter benötigte Holz rechzeitig spalten und aufschichten, die Stämme in kurze Rollen sägen, aufsetzen und abdecken, damit sie über den Sommer gut trocknen konnten und uns im nächsten Jahr zur Verfügung standen. Vier Mann konnten, wenn sie richtig ranklotzten, ganz schön was schaffen. Da wir nur so lange wie unbedingt nötig Lärm machen wollten, arbeiteten wir so schell wie möglich, und dank der Kettensägen und dem nötigen Treibstoff hatten wir in nur zwei Tagen alles gesägt.

Während Peter, Wolfgang und Georg mir halfen, hielten unser Küken und Sabine Wache, denn bei dem Lärm den wir mit den Kettensägen machten, hätten sich sicher ganze Horden mit Panzern nähern können, ohne dass wir etwas gehört hätten.

Nun vermisste auch ich die Technik, denn der Elektromotor oder die Ansteuerung von meinem Holzspalter hatte den EMP nicht überlebt und ließ bei dem Versuch ihn zu nutzen, die Sicherungen am Generator fliegen.

Das Holz mussten wir nun zwar von Hand mit Spaltäxten aufspalten, kamen jedoch zu viert recht gut voran. Im und am Haus hatten wir nun grob geschätzt dreißig Ster an ofenfertigem Brennholz für den Herd und den Kachelofen.

In der Nähe vom Hof lag in etwa noch einmal so viel an Holz in Form von ein Meter langen Stücken zum trocknen. Zum anheizen sammelten wir die beim spalten angefallenen Holzschnipsel zusammen, und sonstiges überall herumliegendes Kleinholz in Form von Ästen und Tannenzapfen.

Da wir einiges von dem leer stehenden Hof mitgebracht hatten und die letzten Tage so fleißig waren - offizielle Begründung um nicht zugeben zu müssen, dass man Lust darauf hatte - zauberte uns

Sabine einen großen Kuchen den wir mit der allergrößten Freude komplett vernichteten. Dieses Kunstwerk von Kuchen zu backen war für sie sicher alles andere als leicht, denn sie musste ihn mit einem Holzherd backen den sie nicht kannte und sich die Temperaturen eher nur grob schätzen, und mit Sicherheit nicht einstellen ließen.

Nach den Aktionen mit Heu und Holz gönnten wir uns erst einmal zwei Tage Ruhe, und da wir nirgendwo frisches Fleisch hatten auftreiben können, versuchten Peter und Küken nun ihr Glück und gingen um die Mittagszeit mit Pfeil und Bogen auf die Pirsch, in der Hoffnung, ein Reh oder wenigstens einen Hasen zu erwischen.

Zum üben nahmen wir ganz einfache Pfeile aus Holz, Aluminium oder Glasfaser mit einfachen Feldspitzen und schossen - immer von unseren Tieren weg - auf eine vorhandene Strohscheibe, Heuballen und auf Schachteln, in verschiedenen Größen und Farben mit einem aufgemalten Kreis von etwa zehn Zentimeter Durchmesser, die wir auf verschiedene Entfernungen auf eine Wiese legten. Für die Jagd jedoch nahmen wir Kohlefaserpfeile mit echt scharfen Jagdspitzen, mit zwei, drei, vier oder mehr Klingen, teils mit aufklappenden Keilen die ebenfalls mit Klingen versehen waren, damit das Wild auch entsprechend schwer verletzt wurde und schnell verendete.

Wir beschäftigten uns gerade mit dem Garten und mit Hausarbeiten, als eines der Funkgeräte - welches immer an war - zu lärmen begann. Zuerst verstanden wir gar nicht was da gesagt wurde. Dann langsamer und deutlicher sprechend kam die Durchsage "Bitte mit zwei Mann und dem Auto zur Antenne kommen um ein Wildschwein zu transportieren, und Töpfe anheizen nicht vergessen".

Georg als Metzger und Fachkundiger, fuhr mit mir zu Peter und Küken. Wir konnten nicht glauben was wir sahen, die beiden hatten tatsächlich ein Wildschwein geschossen, und was für einen Brocken. Georg ließ das Tier noch an Ort und Stelle ausbluten, entnahm Magen, Blase, Galle und alles was wir nicht brauchen konnten und wir wuchteten die nur unwesentlich leichter gewordenen Wildsau in den Wagen. Den Darm den wir als Hülle für Würste brauchen konnten, sowie Herz und anderes was für den Hund als Futter OK war, packten wir in eine Kiste. Wer von beiden uns glücklich machte, konnte nie so ganz geklärt werden, denn Peter und Küken sahen das Tier scheinbar gleichzeitig und schossen gleichzeitig, beide Pfeile trafen Herz und Lunge, und welcher Pfeil von wem war, und welcher zuerst getroffen hatte, konnte nie geklärt werden. Es war jedoch eine schöne Geschichte, über die wir immer wieder bei gemütlichem beisammensein gerne redeten.

Georg hatte alle Hände voll zu tun um das Tier zu zerlegen, Peter, Wolfgang und ich halfen dabei, und Sabine begann zu kochen und zu braten, wobei ihr Küken half.

Auch Hund war über frisches Fleisch und ein paar Knochen zum abnagen begeistert, und nervte uns die ganze Zeit bei unserer Arbeit - in dem er Georg immer wieder ein Stück wegnehmen wollte - bis wir ihm ein ansehliches Stück der Innereien überließen, womit er sich zurückzog und glücklich schien.

Was wir nicht für unser Abendessen benötigten, trugen Wolfgang und ich in den kühlen Keller und hingen es zum reifen auf. Peter fuhr in dieser Zeit in den Wald und entsorgte die Überreste.

Es lässt sich gar nicht beschreiben wie gut wir uns fühlten.

Zu diesem Festmahl aus Braten, Kesselfleisch und frischen groben Bratwürsten zu Spätzle und Soße, das wir uns dann abends gönnten, nahmen wir uns auch ein paar Flaschen Wein aus dem Keller, die wir für besondere Anlässe aufhoben. Einerseits waren wir überglücklich, hatten andererseits jedoch auch ein schlechtes Gewissen weil es uns gut ging, im Gegensatz zu vielen anderen in dem ganzen Elend um uns herum. Wir waren jedoch keine Helden die irgendwas an der ganzen Situation hätten ändern können, waren genau so betroffen, auch wenn wir mehr Glück hatten, und dessen waren wir uns auch bewusst.

Ein Problem womit wir uns nun am nächsten oder übernächsten Tag beschäftigt sahen war die Frage der Aufbewahrung des ganzen restlichen Wildbret, damit nichts verdarb. Mit der Gefriertruhe waren wir gezwungen ständig den Generator laufen zu lassen und zogen diese Variante als letzte Möglichkeit in Betracht. Folglich gingen wir nach dem Motto vor "Dumm darf man sein, jedoch nicht ohne rettende Einfälle" und wir aktivierten kurzerhand einen alten Räucherschrank um uns damit Wildschweinspeck, Bratwürste und Rippchen zu räuchern - wofür Georg zuständig war - einen Teil legten wir in Salz in alten Steinguttöpfen ein, dies übernahmen Sabine und Küken nach Anleitung von Georg.

Wolfgang und Peter halfen mir die nötigen Teile zusammen zu suchen und herbei zu schaffen um ein Kühlsystem ohne sonst nötige Stromversorgung zur Aufbewahrung der leicht verderblichen Lebensmittel aufzubauen, das wir beim Frühstück ausgetüftelt hatten. Wir stellten einen großen Bottich im Keller auf den wir mit einem Zulauf versahen und mit frischem Quellwasser füllten, sowie mit einem Ablauf nach draußen in die Wiese. Im Bottich schwammen nun aufrecht die mit einem Deckel dicht verschließbaren Milchkannen die wir mitgebracht und in die wir nun den Rest vom Wildschwein als Frischfleisch gelegt hatten, und die mit frischem und kalten Quellwasser umspült wurden.

Das klappte wirklich ganz wunderbar, wir hatten eine Durchschnittstemperatur von 4 Grad und konnten so auch die Milch, die wir seit einigen Tagen bekamen, gut kühlen. Wir lernten mit Hilfe einer Anleitung aus einem Buch einen Butterstampfer zu fertigen und hatten nun neben Fleisch und Milch auch Butter zur Verfügung.

Da wir bereits Kräuter ernten konnten, zauberten Sabine und Georg sogar so wunderbare Dinge wie Kräuterbutter, lecker gewürzte Bratwürste und mariniertes auf den Tisch. Alles ging Hand in Hand, Georg schien als Metzger genau so unersetzlich wie Sabine als Köchin, Peter und Küken als Jäger, Wolfgang und ich für Handwerkliche Arbeiten, und Alle waren zum Verzehr der Speisen und der Komplimente an Metzger und Köchin unverzichtbar.

So Rücksichtslos wie uns die Natur Ende März einfach von einem Moment zum Anderen in den Abgrund gestoßen hatte, schien sie jetzt ein schlechtes Gewissen - ein Einsehen - zu haben und uns mit gutem Wetter unter die Arme zu greifen zu wollen.

Der Sommer war geradezu genial, nicht zu nass, nicht zu trocken, nicht zu heiß. Was wir gesät und gepflanzt hatten gedieh prächtig. Das Wetter war perfekt, wir bekamen eine gute Ernte und brauchten keine Angst vor Waldbränden zu haben. Meist waren die Tage sonnig bis leicht bewölkt, während es über Nacht sanft regnete. Bei uns war es recht ruhig im

Vergleich zu anderen Orten wo die Plünderungen - wie wir über Funk erfahren hatten - schon alltäglich waren.
Gelegentlich hörte man weiter weg - nie in der Nähe - einen oder mehrere Schüsse die uns beunruhigten, da wir nicht wussten ob dies für uns eine Gefahr bedeutete, oder ob nur jemand auf der Jagd war.
Da unsere Hustenbonbon und der Hustensirup als Tauschobjekte recht begehrt waren und wir davon ausgehen konnten, dass dies so bleiben - bei kühlerem Schmuddelwetter im Herbst die Nachfrage eher noch zunehmen - würde, wir nun über massig Zucker und drei große Eimer Honig verfügten, nahmen wir fünfundzwanzig Kilo Zucker und einen zehn Liter Eimer Honig, und kochten uns wie vor Wochen schon in kleinem Rahmen, nun noch einmal zusammen mit Spitzwegerich einen großen Posten an Bonbon und Sirup gegen Entzündungen im Hals und Hustenreiz.
Einige Tage verbrachten wir damit um weitere Fässer und auch Kanister zu besorgen, welche wir dann mit Treibstoffen der überall herumstehenden Fahrzeuge füllten, um unsere Reserve noch zu vergrößern. Auch hatten wir versucht in den umliegenden Ortschaften an Tankstellen Treibstoffe zu bekommen, was jedoch sinnlos schien.
Einige vor uns hatten wohl schon versucht an Benzin und an Diesel zu kommen, und hatten hierbei an den Tankstellen sinnlos die Verkleidungen der Zapfsäulen abgerissen, alles total zerstört in der Hoffnung etwas zu ergattern, weshalb wir uns nicht mehr die Mühe machten, dort unser Glück zu versuchen.
Auf einigen unserer Streifzüge im August, und es war uns bewusst, dass wir genau genommen auch plünderten, - wobei wir leere Gebäude und Schuppen

durchsuchten, keinen beraubten oder gar Gewalt anwendeten, und ansonsten wenn irgendwie möglich Tauschhandel trieben - suchten wir gezielt an Orten und nach Dingen, die von den meisten Plünderern sonst unbeachtet liegen blieben. Bekleidung, Seifen, Reinigungsmitteln, Saatgut, Setzlinge, Dünger, Hefe, weitere Gartenwerkzeuge, verschiedene Sachbücher zu allen möglichen Themen die brauchbar sein oder uns das Leben angenehmer machen konnte.

Wir fanden Bücher von heimischen Heilpflanzen über medizinische Notfallversorgung und Pilzkunde, zum Bierbrauen und zur Herstellung von Wein und Likör. Wir suchten gezielt in Gärtnereien, Blumenläden, Buchgeschäften, Schuhgeschäften, Gartenhäuschen und bei Discountern. Wir fanden am Ende so viel, dass das Auto auf dem Heimweg fast jedesmal mehr als voll war, und wir gelegentlich noch einige Karton auf das Dach schnallen mussten.

Was wir nun an Saatgut hatten sollte für Jahre reichen sofern nichts davon verdarb, die Setzlinge konnten wir natürlich nicht lagern und setzten diese gleich nach dem vergrößern des Garten in den Boden in der Hoffnung noch etwas davon zu haben. Mit dem Saatgut konnten wir, sofern wir uns ein kleines Gewächshaus bauen würden, über den Winter nun eigene Setzlinge ziehen. Auch Kerzen, Streichhölzer und Nähzeug hatten wir ergattert.

Wir hatten eine arbeitsreiche Zeit die sicher nicht einfach war, vor allem immer die Angst im Nacken hier entdeckt, überfallen, ausgeraubt oder gar getötet zu werden.

Es war interessant wie in solchen Situationen das tief vergrabene Tier im Mensch, der Überlebenswille, aber auch die Paranoia zum Vorschein kommen und sich das komplette Verhalten ändert. Ging man früher durch einen Ort oder den Wald und hörte eine Tür zuschlagen, einen Gegenstand umfallen, einige Kiesel eine Böschung herunter rollen oder das Knacken eines Astes, ging man ohne groß darüber nachzudenken weiter. Heute lag man aus einem Reflex heraus schneller auf dem Boden, versteckte sich hinter einem Baum, einer Hauswand oder anderem das einem Deckung bot, als man darüber nachdenken konnte, was man da vielleicht eben gehört hatte.

Wenn wir sahen wie es anderen erging, fühlten uns wie Könige mit dem was wir hatten, aber wir konnten uns den Luxus anderen zu helfen oder alle Personen aufzunehmen nicht leisten, denn zuletzt wäre es uns sonst wie den anderen ergangen, da unser Platz und unsere Ressourcen auch begrenzt waren und wir auch nicht ansatzweise abschätzen konnten, was in naher Zukunft noch auf uns zu kommen würde. Jeder ist sich selbst der Nächste.

Die letzte Augustwoche und die erste Woche im September waren Peter, Georg, Wolfgang und ich täglich von morgens bis abends bei dem einen Landwirt um unser versprechen einzulösen bei der Heu und Getreideernte zu helfen, um zu dem uns versprochenen Getreide zu kommen.

All die Landwirte, welche den EU - Irrsinn und den Wettbewerb am Markt mitgemacht, sich ständig vergrößert und deshalb immer modernere Maschinen benötigt hatten um ihre Flächen bewirtschaften zu können - sowie die Vermögenden Bauern die immer die neuesten und größten Traktoren haben mussten - waren nun größtenteils angeschmiert, da diese Landwirtschaftlichen Errungenschaften mit modernen Computern und Motorsteuerungen ausgestattet waren und deshalb aktuell nur noch den Wert von

Altmetall besaßen. Die kleineren Landwirte - und jene die etwas intelligenter waren - hatten noch alte Traktoren, Heuraupen, Balkenmäher sowie sonstige Landwirtschaftliche Maschinen ohne Elektronik, und waren nun klar im Vorteil.

Der Landwirt dem wir unsere Hilfe angeboten hatten, konnte seinen fast neuen Trecker wegen der ganzen Steuerung über die verbauten Computer, Sensoren und Motorkontrollmanagementsystemen nicht mehr zum laufen bringen. Er hatte jedoch noch einen sehr alten Traktor der lief und den wir nutzen konnten, und so arbeiteten wir wie vor rund fünfzig Jahren mit den einfachsten Maschinen und viel, sehr viel Arbeit von Hand.

Unsere beiden Mädels verblieben in diesen Tagen zu Hause und beschäftigten sich mit Arbeiten im Garten und dem pflücken von Obst. Sollte sich irgend ein Problem ergeben, dann konnten sie uns per Funk erreichen und wir konnten mit dem Wagen innerhalb von Minuten bei ihnen sein, was uns schon sehr beruhigte, und Hund war ja auch bei Ihnen.

"Jagdpfeile" eine echt scharfe Sache.

Verwilderte Hunde und seltsame Früchte

Es war die zweite Septemberwoche als Georg und ich beschlossen eine Tour über die Waldwege in Richtung St. Georgen zu unternehmen um an neue Informationen in der Region vor Ort zu kommen, und mit etwas Glück konnten wir etwas nützliches finden. Ich wollte Zigaretten oder Tabak da meine Reserven fast aufgebraucht waren, einige weitere Decken, Bekleidung, Schuhe oder Treibstoff konnten ja auch nicht schaden. Also luden wir zwei leere Fässer und einen zwanzig Liter Metallkanister - mit Diesel als Reserve - nebst einem zwei Meter langen Schlauch zum leeren von Autotank´s in den Wagen, das übliche wie Waffen, Essen, Trinken, Tauschartikel und die Funkgeräte.

Wir überprüften am Wagen den Ölstand und füllten den Tank randvoll mit Diesel um sicher nicht wegen Spritmangel liegen zu bleiben und zogen los. Wir fuhren Richtung Fohrenbühl wo ich vor einigen Monaten - mir kam es wie gestern vor - Peter und Sabine begegnet war, von dort weiter über Wiesen und kleine Wege hinüber nach Reichenbach, wo ich zum ersten mal einen Stop einlegte, da direkt an unserer Strecke ein früherer Schulkamerad wohnte, ebenfalls auf einem Hof den er auch bewirtschaftete. Er war zu Hause und auch sichtlich erfreut, mich seit langer Zeit wieder einmal zu sehen. Wir tauschten unsere Erfahrungen aus und stellten fest, dass es hier wie bei uns war. Man schottete sich weitgehend ab, misstraute ebenfalls allen Fremden, achtete in der Nachbarschaft aufeinander, half sich gegenseitig und vermied es ebenfalls, unnötig irgendwo mit dem Traktor hin zu fahren, und hielt ebenfalls Wache.

Eine Stunde, zwei Glas Most, sowie einer Scheibe Bauernbrot mit guter Butter und viel Speck später, verabschiedeten wir uns dann mit vollem Magen und fuhren weiter über Waldwege und unter Umgehung von Langenschiltach Richtung St. Georgen.

Wenn es darum ging Menschen zu treffen und Erfahrungen auszutauschen waren Landwirte mit Sicherheit die besten Kandidaten, da diese meist für sich selbst genug hatten und wir nicht fürchten mussten von ihnen ausgeraubt zu werden. Man musste ihnen nur glaubhaft klar machen können, dass man wirklich keine bösen Absichten hatte, nur einige Informationen wollte, und auch einen gewissen Sicherheitsabstand einhalten, was ja auch nur zu verständlich war.

Bei anderen Personen oder Gruppen war diese Sicherheit, dieses Wissen nicht gegeben, da wir nicht abschätzen konnten wen wir vor uns hatten, ob nicht irgendwo versteckt in der Nähe andere darauf warteten zum Zuge zu kommen, und wie diese Person oder die Gruppe einzuschätzen war. Ein unnötiges Risiko wollten wir hier nicht eingehen, denn selbst wenn wir mit heiler Haut davon kommen sollten, wären sehr wahrscheinlich der Wagen und all die Dinge verloren, die wir bei uns und im Wagen hatten, von dem langen Rückweg zu Fuß schon ganz zu schweigen.

Für den schlimmsten Fall hatten wir immer eines der kleinen Amateurfunkgeräte in den Socken im Stiefel verborgen, in der Hoffnung, dass wir wenigstens eines davon retten konnten um im Fall der Fälle unsere Gruppe erreichen und über das Geschehen informieren zu können. Bis es ein Laie geschafft hätte das erbeutete Gerät in Betrieb nehmen zu können und auch noch die Frequenz zu finden über

die wir Kontakt hielten, konnten wir mit dem zweiten Gerät die anderen erreichen.
Wir waren irgendwo auf dem Brogen zwischen Tennenbronn, Hardt, St. Georgen und Peterzell, als wildes Gekläffe im Wald von Hunden zu vernehmen war. Wir beschlossen nachzusehen was da los war, aber auch, den Wagen nicht zu verlassen wenn es nicht unbedingt sein müsste. Wir kurbelten die Fenster so weit hoch, dass wir gut hören konnten, aber nicht plötzlich ein Hund hereinspringen konnte. So fuhren wir nach unserem Gehör weiter über einen schmalen Waldweg mit Kurs auf den Krawall. Kaum zweihundert Meter weiter befand sich eine große Hundemeute, die im Wald um Bäume herumrannte, die Hunde immer wieder nach oben sahen und wie wild kläfften, bellten und knurrten.
In zwei der Bäume war etwas buntes - blau, gelb und rot - zu sehen, das aus dem üblichen grün und braun im Wald heraus stach. Aus dem Wagen zu steigen und die Meute mit rund fünfzehn verwilderten Hunden mit Stöcken oder Steinen zu vertreiben war genau so utopisch, wie alle mit Pfeil und Bogen zu erschießen oder sich mit den Hunden auf eine Diskussion einzulassen in der Hoffnung, sie würden ihr Fehlverhalten einsehen und einfach davon gehen. Alle diese Möglichkeiten liefen da eigentlich schon auf Selbstmord hinaus. Wir waren vielleicht nicht die Hellsten, aber so dumm waren wir dann doch auch wieder nicht. Sowas konnte nur ausgehen wie das Hornberger Schießen.
Da war guter Rat teuer, denn uns war klar, dass sich da Menschen auf der Flucht vor den Hunden in Bäume gerettet hatten, und wir sie nicht einfach ihrem Schicksal überlassen konnten. Kurzerhand beschlossen wir einfach darauf los zu fahren um die

Hunde zu vertreiben, nötigenfalls den einen oder anderen eben einfach mit unserem Wagen platt zu machen.

Wir fuhren los, mitten in die Meute hinein und in Kreisen und Achten um die Bäume herum. Fuhren dabei ohne Absicht zwei der Hunde an, die vor lauter Schmerzen verständlicherweise schrieen und jaulten, was die anderen dann zur Flucht trieb und scheinbar in Panik davon laufen ließ. Als wir uns nach einigen Minuten unter Beobachtung der Umgebung sicher waren, dass die Hunde nicht in der Nähe blieben und wieder angreifen würden, stiegen wir aus unserem Wagen aus - sicherheitshalber mit einem Messer in der Hand -, erlösten die zwei verletzten Tiere von ihrem Leiden und sahen hoch in die Bäume wo zwei Frauen wie seltsame Früchte zwischen den Ästen hingen. Es war schon irgendwie ein Anblick, der einen schmunzeln ließ. Wir halfen den Ladys vom Baum und fragten ob wir irgendwie helfen konnten. Eigentlich schon eine blöde Frage, aber Menschen machen in außergewöhnlichen Situationen einfach ungewöhnliche Dinge.

Es hatte sich - auch wenn es sich um meinen Hof, meinen Grund und Boden handelte - so eingespielt, dass alles was die Gruppe und ihr zusammenleben betraf gemeinsam besprochen wurde. Deshalb wollte ich mich jetzt genau so wenig wie Georg darüber hinweg setzen. Wir fuhren mit Lisa und Nadine an eine Stelle Richtung Hardt wo ich wusste, dass es von dort sogar eine Sichtverbindung zu dem Bergkamm gab, wo wir täglich eine Wache mit Funk hatten, und versuchten denjenigen zu erreichen, der gerade Wache schob. Nach geschätzt zwanzig Minuten hatten wir Glück und konnten mit Peter und Küken sprechen und die Lage schildern.

Sie wollten gleich zum Hof hinunter laufen, die Angelegenheit mit Wolfgang und Sabine besprechen und sich schnellstmöglich wieder melden. Da dies einige Zeit dauern konnte unterhielten wir uns in dieser Zeit mit den beiden Frauen - die uns auch recht sympathisch waren - darüber, wie sie in diese Situation gekommen waren.

Wir erfuhren, dass sie aus Villingen stammten und seit Jahrzehnten Freundinnen waren. Zwei richtig bodenständige schwarzwälder Mädel eben, Lisa war sechsundvierzig und Nadine achtundvierzig Jahre alt, beide etwa einssiebzig groß, braunhaarig. Der Mann von Nadine war vor einigen Jahren an Krebs gestorben, und Lisa war seit vier Jahren geschieden. Beide hatten Kinder, die jedoch seit längerem im Ausland lebten und mit welchen sie nur noch selten Kontakt hatten. Die Kinder wollten nicht mehr nach Deutschland kommen, und Lisa und Nadine hatten einfach nicht das Geld um sich kurzerhand einmal kurzfristig ein Ticket zu kaufen um die Kinder per Flugzeug zu besuchen. So beschränkten sich die seltenen Kontakte auf Telefon oder Skype. Nadine war gelernte Hotelfachfrau, hatte den Job kurz nach der Ausbildung an den Nagel gehängt als das erste Kind unterwegs war, und als Kinder und Mann fort waren, hatte sie die letzten Jahre in einem Café als Servicekraft gearbeitet.

Lisa hatte nach der Realschule recht schnell geheiratet und die Kinder bekommen, nie einen Beruf erlernt, war also Hausfrau. Nach dem die Kinder aus dem Haus waren und sie sich von ihrem Mann getrennt hatte, arbeitete sie die letzten Jahre über eine Zeitarbeitsfirma in verschiedenen Unternehmen. Nach dem der Strom ausblieb hatten sich die zwei Freundinnen in der Wohnung von Lisa versteckt, weil diese am Rand von Villingen lag wo es noch am sichersten schien. In der Ortsmitte wurden von einigen Vandalen immer wieder mit Steinen Scheiben eingeworfen, eingeschlagen, und die Leute wurden belästigt und ausgeraubt. Dort hatten sie von dem gelebt was Nadine mitgebracht hatte, was noch bei Lisa da war, und was man von Nachbarn bekommen hatte.

Vor zwei Tagen kamen dann plündernde Banden auch in dieses Gebiet, brachen in Häuser und Wohnungen ein um sich alles was brauchbar schien unter den Nagel zu reisen. Sie konnten gerade noch bevor die Wohnungstür aufgebrochen wurde mit dem Nötigsten durch ein Fenster in den Garten und von dort aus Villingen fliehen. Sie wussten nicht wohin, und da alle Himmelsrichtungen gleich gut oder schlecht waren, gingen sie einfach mal drauf los, in diesem Fall erst einmal Richtung Königsfeld. Sie übernachteten irgendwo in einer Hütte im Wald, über die sie durch Zufall gestolpert waren.

Da sie sich nirgendwo sicher fühlten und auch keine Hilfe bekamen, gingen sie weiter querfeldein, bis sie ein Knurren vernahmen und dann von den Hunden verfolgt wurden, die zu Beginn Abstand haltend, immer frecher wurden, näher kamen und auch versuchten nach ihnen zu beißen. Lisa und Nadine hatten sich herumliegende Äste genommen und auf einige der Hunde eingeprügelt, die dann vorerst - zumindest Kurzfristig - auf Abstand gingen.

Da ihnen schnell klar wurde, dass sie spätestens bei Einbruch der Dunkelheit ein riesiges Problem haben würden wenn nicht ein Wunder geschah, oder ihnen rechtzeitig jemand zu Hilfe kam, beschlossen sie kurzerhand sofort auf die nächstmöglichen Bäume zu klettern in der Hoffnung, so wenigstens die Nacht zu

überleben, und mit viel Glück - so dachten / hofften sie - würden die Hunde vielleicht ja weiterziehen, wenn sie nicht an sie heran kamen. Als sie dann Laubbäume fanden wo die unteren Äste erreichbar waren, hielt Lisa die Hunde auf Abstand während Nadine auf den Ast kletterte und dann Lisa hoch half. Nach kurzem schienen die Hunde das Interesse zu verlieren und zogen davon. Nadine verließ den Baum und gerade wollte auch Lisa auf den Boden, als die Hunde wieder auftauchten und Nadine in den nächststehenden Baum kletterte. Nun waren sie auch noch voneinander getrennt und die Hunde blieben.
Sie saßen so etwa zwei Stunden außer Reichweite der Hunde in den Bäumen, als wir eintrafen.
Nach etwa fünfzig Minuten konnten wir die Stimme von Peter vernehmen der uns mitteilte, man hätte sich beraten und sie würden die Entscheidung uns überlassen. Falls wir es für richtig halten würden, sollten wir die beiden mitbringen und unsere Entscheidung würde auch so akzeptiert werden, da wir die Frauen besser beurteilen könnten, wie der Rest der Gruppe anhand unserer Schilderung. Lisa und Nadine schienen unendlich erleichtert darüber mit uns kommen zu dürfen und in Sicherheit zu sein.
Bei Einbruch der Dunkelheit trafen wir Zuhause ein, und die Neuen wurden - auch von Hund - herzlich aufgenommen und alle verstanden sich recht gut miteinander. Nun waren wir schon zu acht, und ich machte mir wie die anderen Gedanken ob wir es überhaupt schaffen würden über den Winter zu kommen, und je mehr Personen hier waren, um so mehr benötigten wir auch an Nahrungsmitteln.
Auf der gegenüberliegenden Seite der Haustür, über die öffentliche Straße hinweg - direkt neben einem aus Rundstangen und Plastikfolie billig aufgebauten

Carport mit Platz für gerade mal ein Auto - lag ein grasbewachsener Feldweg der selbst von mir nur selten und dann nur zu Fuß genutzt wurde. Dieser führte etwa hundert Meter am Berg entlang und nach rechts um einen Grat herum zu einer Lichtung, auf welcher sich vom Vorbesitzer des Hofes ein Bienenhaus sowie ein Kartoffelacker befand. Wie es in der Natur eben mal so ist, wächst das was man in Ruhe lässt einfach weiter, und so konnten wir dort, obwohl ich das Feld nie bearbeitet hatte, zwischen viel Unkraut jede Menge an Kartoffelpflanzen finden. Wir gruben das Feld mühsam und Stück für Stück in drei Tagen vorsichtig mit Harken um, und als Lohn für unsere Mühe konnten wir einige Kisten voll Kartoffeln mit nach Hause nehmen. Einen Teil, vor allem die ganz kleinen Kartoffeln und die ganz großen die schon wieder Triebe hatten ließen wir in der Erde liegen, in der Hoffnung auch im nächsten Jahr unseren Vorteil davon zu haben. Das Setzen von Kartoffeln im Garten beim Hof hätten wir uns also echt sparen können. Auf beiden Seiten sowie von hinten war die Lichtung - abgesehen vom Zugang durch den Feldweg - von Bäumen, Unterholz und Dornengestrüpp begrenzt, nach vorne in Richtung Tal ging das ganze in eine felsige Steilwand über, die von oben bis unten mit Himbeeren und Brombeeren bewachsen war, was uns einige Gläser an Marmelade einbrachten.

Als besonders schön und erholsam empfand ich es immer wenn ich auf dem Bergkamm Nachtwache schob, gerade im Sommer bei klarem unbewölktem Himmel. In solchen Nächten hatte ich meine von früher gewohnte Ruhe und Stille wieder, die mir mit Peter und Susanne, anschließend Georg, dann Sabine und Wolfgang, und jetzt noch mit Lisa und

Nadine Stück für Stück abhanden gekommen war. Nicht, dass die Sieben besonders laut gewesen wären, aber es war doch ein ständiges Kommen und Gehen, einer rief nach einem anderen, es wurde geredet, irgendwo viel etwas herunter, Türen gingen, Dielen knarrten, und ich war eben die Ruhe und Einsamkeit gewohnt. Egal in welche Richtung man sah, es gab keine störenden Lichterkuppeln der Städte mehr, oder Scheinwerfer von Fahrzeugen welche auf viel befahrenen Straßen die Dunkelheit durchschnitten. Es waren viel mehr Sterne zu sehen als früher, und geradezu unbeschreiblich schön wenn sich ein hinter dem Berg aufgehender Mond dadurch ankündigte, dass er zuerst zwischen den obersten Bäumen im Wald hindurch zu leuchten begann bevor er dann über den Berg stieg. Wunderschön, beinahe schon etwas mystisch und herzergreifend sind solche Vollmondnächte. Man lauscht der völligen Stille, es ist angenehm warm, Grillen zirpen, irgendwo hört man das Rufen von einem Kauz oder von einer Eule. Gelegentlich hört man Geräusche im Wald wo Tiere durch die Nacht schleichen und man dann um sicher zu gehen, dass es sich dabei um Tiere und nicht um potentielle Angreifer handelt, diese zuerst mit einer Wärmebildkamera aufspürt, und nach dem man den Standort hat, diese dann mit dem Nachtsichtgerät auch eine zeitlang beobachtet.

Alter kleiner Geländewagen, von Vorteil

Tödliches Küken

Uns war klar, es herrschte genau genommen Krieg. Nur war dieses kein Krieg von Alien gegen die Menschheit, oder ein Volk gegen das Andere, ein Glaubenskrieg oder die Menschheit gegen die Natur. Hier ging es - eigentlich viel schlimmer und ohne eine klare Linie - um einen Krieg von jeder gegen jeden, Banden von Plünderern und Irren gegen anständige Bürger die sich zusammengeschlossen hatten, und gegen die Überreste dessen was sich einmal Polizei und Bundeswehr nannte. Es überlebten hier nur jene, welche sich gut organisierten, viel Glück hatten, oder zu den Härtesten gehörten.

Ein Nachteil unserer Gesellschaft die wohl glaubt immer überall schnell und einfach hinkommen zu müssen, sind die vielen, eigentlich schon zu vielen Waldwege. Ich hatte schon immer etwas gegen diese sinnlose Zerstörung der Natur, in diesem Fall jedoch erwies es sich für uns von Vorteil, da wir große Strecken in den Wäldern zurücklegen konnten, wenn man nur wusste wo welche Wege waren und wo diese hin führten. Nur selten mussten wir auf unseren Expeditionen eine öffentliche Straße nutzen oder überqueren. Ich war eigentlich auf fast jeder Tour dabei, weil ich mich als einziger hier in der Gegend und den umliegenden Orten, sowie auch den Wegen dorthin auskannte.

Es war wohl Mitte September, und auch wenn wir nur noch ungern unser sicheres zu Hause verließen, so gab es eben doch einige Dinge die auf unseren Wunschlisten standen und die wir uns noch besorgen wollten.

Auf der Wunschliste des heutigen Tages standen nur die einfachsten Dinge, wie ein paar Karton voll mit

Zeitungen, Papier, Kohleanzünder und Grillanzünder, Feuerzeuge oder Streichhölzer und ähnliches zum anheizen der Öfen im Winter. Wir hatten uns im Sommer spaßeshalber, und um zu sehen was wir hinbekommen würden, einige Feuer entfacht über Magnesium - Feuerstarter, hatten uns auch mit einem Feuerbohrer und derlei weiteren Möglichkeiten beschäftigt, es ging jedoch nichts über Streichhölzer, Zeitungspapier oder fertige Anzünder wenn es um´s anheizen ging. Wir benötigten also eigentlich nichts wirklich wichtiges, und schon gar nicht wichtig genug im sich dafür umbringen zu lassen. Wie sagt doch eine alte Weisheit ? Neugier ist der Katze Tod.

Peter, Susanne und ich gingen auf Tour um die Dinge auf dieser Wunschliste zu besorgen, als wir in einen Hinterhalt gerieten. Wir fuhren über Waldwege nach Gutach - in Hornberg hatten wir schon einmal nachgesehen und nicht mehr viel gefunden - um in einzeln und leer stehenden Gebäuden oder auch in Mülleimern für Altpapier nach Zeitungen zu suchen, hatten schon kartonweise gewünschtes auf der Ladefläche und wollten uns schon auf den Heimweg machen, als wir hinter ein paar Bäumen noch einen Hof sahen den wir für verlassen hielten.

Eigentlich hatten wir was wir wollten und hätten nach Hause fahren sollen, aber aus Neugier ob sich nicht doch noch etwas brauchbares finden lassen konnte, fuhren wir dort hin und hielten an. Auch muss man wohl zugeben, dass wir einfach leichtsinnig waren, wahrscheinlich auch, weil es in den letzten Wochen und Monaten nie ein Problem gegeben hatte. Weder beobachteten wir - entgegen unserer Gewohnheit - zuvor mit einem Fernglas das Objekt über einen Zeitraum von mindestens fünf Minuten, noch gingen wir mit Bogen und aufgelegtem Pfeil, oder doch

wenigstens einem Messer in der Hand vom Auto zum Gebäude.
Peter und ich gingen normal redend und unvorsichtig zwischen den Landwirtschaftlichen Maschinen und einigen Brennholzstapeln durch in Richtung des Hauptgebäude, als sich zwei Männer plötzlich und unerwartet wie aus dem Nichts heraus mit ihren Waffen vor uns aufbauten, und unsere Rücksäcke, die Messer am Gürtel, und die Wagenschlüssel forderten. Beide hatten Schusswaffen, einer trug ein Gewehr und der andere eine Handfeuerwaffe. Zwei Männer im Alter von etwa fünfundzwanzig und dreißig Jahren, beide völlig heruntergekommen, die scheinbar hier am plündern waren und hörten, dass ein Auto kam, und sich in der Scheune oder sonst wo versteckt hatten.
Klar hatten wir Angst, sogar Todesangst, denn ein Menschenleben schien nicht mehr viel Wert zu sein in diesen Tagen, das wussten wir nur zu gut. Wir versuchten auf sie einzureden um uns etwas Zeit zum Nachdenken zu verschaffen, da wir nicht wussten wie wir reagieren sollten. Wir sahen uns an und dachten wohl das gleiche. Wir konnten unser Glück versuchen, auf die beiden los gehen und darauf hoffen, dass die Waffen nicht geladen waren, sie nicht richtig damit umgehen konnten, uns im schlimmsten Fall verfehlen würden, oder wir konnten ihnen geben was gefordert wurde.
Peter machte beim reden scheinbar eine etwas unglückliche Bewegung mit der Hand, die der jüngere Mann wohl als Bedrohung sah. Er hob die Pistole plötzlich höher, zielte auf Peters Kopf und warnte ihn, dass die nächste Bewegung seine letzte sein würde, als wir ein kurzes Rauschen oder Sirren, oder ein sirrendes Rauschen, gefolgt von einem

kurzen dumpfen Geräusch vernahmen. Der Typ, der eben Peter bedroht hatte, verdrehte ohne einen Laut seine Augen, bekam einen völlig starren Blick und fiel mit einem Pfeil im Rücken tot um. Der andere konnte nicht einmal mehr darauf regieren, es ging keine fünf Sekunden bis auch er von einem Pfeil tödlich getroffen auf den Boden ging.

Wir waren völlig geschockt und konnten es nicht fassen was da eben geschehen war. Küken hatten wir auf Grund der plötzlich entstandenen Situation völlig vergessen. Sie war etwas zurückgefallen und hatte sich - das sagte sie uns später - mit einer kleinen Katze beschäftigt, als sie Stimmen hörte die sicher nicht zu uns gehörten, und die Drohungen zu schießen vernahm.

Aus ihrem Versteck heraus hatten die zwei - zu unserem Glück - nicht gesehen, dass wir zu dritt waren und konnten auch Küken nicht sehen, sonst hätten sie sich sicher anders Verhalten.

Sie schlich zum Wagen zurück, öffnete leise die Tür, nahm ihren Bogen und Pfeile, ließ die Tür offen und ging still und ungesehen hinten um den Hof herum, so, dass sie sich hinter den beiden die uns bedrohten befand und tat - als sie sah, dass Peter die Waffe am Kopf hatte -, was sie tun musste.

Peter und ich nahmen Schaufeln aus dem Stall und gruben ein großes Loch im Garten wo der Boden recht weich war, legten die beiden Toten hinein und schaufelten zu. Küken durchsuchte unterdessen den Hof nach nützlichen Dingen. Papiere hatten die Männer keine bei sich, und so stellten wir nur ein aus einem langen - tief im Boden eingegrabenes - Kantholz und einem Querbrett gefertigtes Holzkreuz auf, an welches wir ein Papier in einer Plastiktüte hefteten mit der Info, dass hier zwei unbekannte

Männer im alter von etwa fünfundzwanzig bis dreißig Jahren lagen, die beim plündern und in Notwehr erschossen worden waren, sowie das ungefähre Datum.
Die Waffen nahmen wir an uns, die Magazine waren voll. Da Peter sich mit Schusswaffen auskannte bemerkte er gleich, dass es sich um ein Jagdgewehr handelte, die Handfeuerwaffe konnte er als eine neun Millimeter Standard - Dienstwaffe der Polizei identifizieren. Ob wir es hier also mit einem Polizisten zu tun hatten, oder die Waffe einem Polizisten abgenommen worden war, konnten wir nicht wissen, vermuteten jedoch stark, dass die Waffe entwendet worden war, denn ein echter Polizist hätte sehr wahrscheinlich auch das Halfter dazu genutzt und die Waffe nicht so getragen. Peter sicherte die Waffen, entnahm die Magazine sowie die Patronen im Lauf, damit nicht noch ungewollt etwas passieren konnte. Wir gedachten die Waffen bei uns im Hof als eiserne Reserve beiseite zu legen.
Ich weiß nicht wie ich es verkraften würde mit dem Wissen klar kommen zu müssen einen Menschen getötet zu haben, ich weiß auch nicht ob ich es fertig gebracht hätte. Küken war danach nur einige Tage etwas stiller als wie gewohnt, und wollte nicht darüber reden. Wenn sie mit jemanden darüber gesprochen hat, dann sehr wahrscheinlich mit Peter der ihr sehr nahe stand, oder mit Sabine, die wie eine Mutter für sie war. Nach spätestens einer Woche schien sie sich jedoch gefangen zu haben und war wieder wie zuvor. Wir vertrauten uns blind und wussten, dass wir uns jederzeit alle aufeinander verlassen konnten, dennoch hatte wohl jeder auch Geheimnisse was seine Vergangenheit anbelangte, was ja völlig verständlich und menschlich war.

Ende September und mitten in der Nacht, Wolfgang schob gerade Wache, sah er Lichter durch die Bäume hindurch die zwar noch weit weg waren, jedoch mehr oder weniger geradewegs auf ihn zuzukommen schienen, und würden sie so weiter gehen, direkt auf unseren Hof treffen.

Genaues konnte Wolfgang auf Grund der Entfernung nicht ausmachen, und mit dem bloßen Auge sah man nur gelegentlich die Lichter zwischen den Bäumen. Mit dem Nachtsichtgerät konnte man die zwischen den Bäumen hindurch gehenden Personen durch die ständigen Blendeffekte von den Kopflampen auch nicht richtig erkennen. Es konnten drei oder vier Mann, genau so gut auch wesentlich mehr sein, und für die Wärmebildkamera war die Entfernung noch zu groß.

Er griff zu seinem Funkgerät womit wir zwischen Unterstand und Hof Kontakt hielten, und wo eines im Hof auf dem Flur vor den Schlafzimmern immer auf Empfang stand. Wir standen alle sofort senkrecht in unseren Betten, waren hellwach, als wir plötzlich die Stimme aus dem Lautsprecher vernahmen, dies war das erste mal, dass wir hier Nachts einen Alarm hatten. Susanne war die Schnellste und die Erste am Funkgerät und ließ sich von Wolfgang erklären was los war, während wir um sie herum standen und zuhörten.

Nun standen wir vor der Frage was zu tun war. Wir konnten ja nicht einfach angreifen oder erschießen was da auf uns zuzukommen schien, ignorieren konnten wir es auch nicht. Küken erwies sich einmal mehr als Stratege und erläuterte ihren Plan. Nicht dass wir sonst keine Ideen gehabt hätten, aber der von Susanne war eindeutig der Beste. Peter sollte so schnell wie möglich zu Wolfgang gehen und Waffen mitnehmen, wir würden uns hier ebenfalls bewaffnen, jedoch auf dem Hof bleiben und uns wenn nötig in der Nähe des Hofes verstecken und bei Gefahr zuschlagen. Peter und Wolfgang sollten sich ganz still verhalten, beobachten, und uns ständig auf dem laufenden halten.

Gesagt getan, so stieg Peter mit Waffen den Berg hoch, und nach nur einer knappen halben Stunde bekamen wir per Funkgerät die Info, dass er oben bei Wolfgang angekommen war, die Lichter würden noch immer auf sie und den Hof zu kommen, und seien schätzungsweise noch dreihundert Meter entfernt. In der Zeit wo Peter zu Wolfgang ging, hatten wir uns gerichtet, bewaffnet, und hatten uns von Küken noch einmal instruieren lassen, saßen beim Funkgerät und warteten auf Nachrichten.

Etwa weitere dreißig Minuten später kam ein per Funk geflüstertes "vier Mann mit Lampen, scheinbar bewaffnet, sind gerade in ein paar Meter Entfernung an uns vorbei und gehen auf euch zu". Hier am Hof waren alle Lichter aus und da wir schon geahnt hatten, wo der Trupp herunter kommen würde, verteilten wir uns entsprechend Susannes Anweisung so, dass die Vier beim betreten der Straße hinter dem Hof zwei Mann rechts, zwei links und zwei vor sich hatten, denn Lisa und Nadine blieben beim Hof mit Blick zur Straße von wo aus sie mit starken Taschenlampen die vier Mann anleuchten, blenden und so überraschen konnten. Peter und Wolfgang schlichen nun den Vieren hinterher, so dass auch ein Rückzug erfolglos sein würde.

Es kam wie von Küken vorhergesehen, wir hörten die vier Männer, die nicht gerade leise waren, sahen die Lampen, und in dem Moment als sie auf der Straße angekommen waren gaben wir durch mehrmaliges drücken der Sprechtaste vom Funkgerät an Lisa und Nadine das Signal die Taschenlampen anzumachen. Es ging alles sehr schnell, und noch bevor es zu einem Kampf kommen konnte, war alles vorbei. Die Vier waren durch das plötzliche Licht in den Augen geblendet und wussten nicht was los war, zeitgleich als die Lichter angingen traten wir rechts und links mit "Hände hoch und keine Bewegung" recht laut schreiend hervor, und von hinten kamen Wolfgang und Peter mit einem "denkt bloß nicht daran nach den Waffen zu greifen" auf die Straße.

Wie drückte sich doch Küken so schön aus als sie uns den Plan erklärt hatte - Schach und Matt.

Die Vier ließen sich sofort die Waffen abnehmen und kamen ohne Gegenwehr mit uns in den Hof. Dort, bei mehr Licht und weniger Anspannung sahen wir, dass es sich bei den Vier um etwa dreißig bis vierzig jährige Männer handelte die nicht aggressiv wirkten und uns erklärten, wie sie hier her gekommen waren, dass sie nicht plündern wollten, sondern nur auf der Durchreise zum Bodensee waren. Sie kamen aus dem Offenburger Raum und wollten zu Bekannten und Verwandten an den Bodensee, weil es dort scheinbar besser war als in Offenburg. Sie waren mit einem Wagen das Kinzigtal hoch und wollten sich dann - weil es über Schiltach kein Durchkommen gab und auch zwischen Hausach und Gutach die Straße versperrt war - durch die Wälder einen Weg suchen, als der Wagen nach einem kurzen Ruckeln aus ging und sich nicht mehr starten ließ, weshalb sie sich dann zu Fuß fortbewegten.

Sie hatten keine Ahnung wo sie nun waren, und so sollte es auch bleiben. Wir beschlossen das ganze so zu handhaben, dass wir jetzt auf den Schrecken hin erst einmal etwas essen würden, anschließend würden wir die Vier noch bevor es hell wurde mit verbundenen Augen bis nach St. Georgen fahren, ihnen dort ihre Waffen aushändigen und sie des Weges ziehen lassen.

Ich denke den Männern war nicht ganz wohl sich uns so auszuliefern, was man gut nachvollziehen kann, aber sie sahen eben auch ein, dass wir kein Risiko eingehen wollten.

Nach einem sehr frühen Frühstück verbanden wir den Vieren die Augen, führten sie zum Wagen, legten ihre Gewehre und ihr Gepäck nach hinten und setzten sie in den Wagen. Ich fuhr, Peter saß mit einer Pistole hinten beim ihrem Gepäck, und so verbrachten wir den Trupp noch vor Anbruch des Tages auf den Brogen, ließen sie dort aussteigen, nahmen ihnen die Augenbinden ab, gaben ihnen ihre Sachen zurück und zeigten ihnen in welche Richtung sie nun gehen mussten.

Nach einer kurzen Verabschiedung liefen sie davon, wir wendeten und fuhren wieder nach Hause um den verpassten Schlaf nachzuholen.

Schlossturm Hornberg mit gutem Ausblick

Oktober

Anfang September bemerkten wir bereits, dass irgendwas bei Peter und Susanne nicht stimmen konnte. Bei Küken erlebten wir zum ersten mal seit wir sie kannten, dass sie launisch, schnippisch und emotional drauf war - von ihren schon gewohnten Freudenausbrüchen wenn etwas "richtig toll" war abgesehen -, schlechte Laune oder Trübsinn bei ihr war uns unbekannt und völlig neu. Peter war auch irgendwie anders als gewohnt, stiller, nachdenklicher, verschlossener. Dass die beiden einander mochten und sich sehr eng verbunden fühlten wussten wir, Eifersucht schlossen wir jedoch aus, da Wolfgang, Georg und meine Wenigkeit alte Säcke waren, ebenso anders herum war uns klar, dass weder Nadine, noch Lisa oder Sabine der Grund sein konnten. Auf Grund des Alters liefen beide außer Konkurrenz.

Wir beschlossen vorerst nicht darauf zu reagieren oder aufdringlich nachzufragen, da wir es für besser hielten wenn Küken und Peter das unter sich ausmachten, oder wenn einer von den Beiden - oder Beide - zu uns kam und von sich aus erzählte worum es ging, damit wir wenn möglich helfen konnten. Ganze drei Wochen sahen wir uns das an, bis Sabine der Kragen platze und sie Küken beiseite nahm um mit ihr zu reden. Ihr vertraute Susanne an, dass Peter wohl mit dem Gedanken spielte uns zu verlassen, was sie jedoch aus mehreren Gründen nicht wollte, aber Peter nicht alles erzählen und vermitteln konnte.

Auch schloss sie aus, mit Peter zusammen zu gehen. Der Grund für Peter uns zu verlassen war eigentlich ganz simpel. Er machte sich Sorgen um seine Eltern und wollte nach ihnen sehen, gleichzeitig war er hin und her gerissen weil er sich hier wohl und geborgen fühlte, Susanne nicht verlassen mochte, sie mitzunehmen jedoch gleichzeitig ausschloss, und eigentlich nicht gehen wollte.

Ein Problem war die Entfernung, das zweite Problem die Gefahr und die Jahreszeit, das dritte Problem waren die Gefühle welche die Zwei füreinander hatten. Nachdem Sabine nun wusste um was es ging und uns gleich grob den Hintergrund erklärt hatte, beschlossen wir beim Abendessen mit ihnen zu reden, die Karten auf den Tisch zu legen, um alles klären, um eine Lösung finden zu können. Da Sabine die beiden lange kannte - im Gegensatz zu Nadine und Lisa - und wie eine Mutter für Küken und Peter geworden war, sollte sie das ansprechen. Ich war doch eher aufbrausend, manchmal cholerisch und beschloss deshalb, mich im Hintergrund zu halten.

Als Sabine das Thema beim Essen ansprach, blickte Peter erst einmal betreten zum Fenster hinaus und schwieg, bevor er Susanne vorwarf, dass sie etwas gesagt hatte. Nachdem alle am Tisch Peter klar gemacht hatten, dass wir vor Wochen schon die Veränderungen beobachtet und Küken hier richtig gehandelt hatte, wir einfach eine klare Linie haben, und wenn möglich auch helfen wollten, konnte er es einsehen und erzählte was ihn bewegte. Es gab ein Hin und Her, ein Für und Wider. Klar war, dass das Risiko enorm hoch war in Anbetracht der Jahreszeit, zu Fuß wohl schon gar nicht zu schaffen war, und selbst mit einem Fahrzeug war ein Durchkommen nicht garantiert, er würde bestenfalls etwas schneller vorankommen.

Da Peter nicht wissen, noch nicht einmal abschätzen konnte, ob seine Eltern noch leben würden und

selbst wenn, nicht klar war ob es in Lörrach ein Überleben gab, grenzte es an Wahnsinn sich auf den Weg zu machen.
Auch Küken argumentierte heftig dagegen, wobei ich immer das Gefühl hatte, dass sie nicht die wahren Gründe vortrug, und wie sich einige Wochen später herausstellte, hatte ich den richtigen Riecher gehabt.
Da ich bislang nur zugehört, mir Gedanken dazu gemacht und mich bis jetzt aus der Debatte herausgehalten hatte, versuchte ich nun Peter zur Vernunft zu bringen und ihm eine Lösung zu bieten.
Ich sagte ihm, dass alles was zu sagen war gesagt wurde, ich es auch für eine große Dummheit hielt, ihn jedoch auch gut verstehen konnte und ihm folgendes Angebot unterbreitete.
Wir würden - auf Teufel komm raus - versuchen in den kommenden Tagen per Funk Kontakt nach Lörrach zu bekommen um Informationen über die Lage dort, mit Glück sogar über seine Eltern zu bekommen, und wenn dies möglich war, den Eltern eine Nachricht zukommen zu lassen.
Sollte dieser Versuch scheitern, würden wir ihm den Geländewagen, Waffen, ein Funkgerät, Diesel und auch Lebensmittel zur Verfügung stellen, damit er wenigstens eine Chance hätte durchzukommen. Den Einwand, er könne das alles - zumindest den Wagen - nicht annehmen, wischte ich kurzerhand weg, in dem ich ihm erklärte, dass der Wagen mir gehören würde, und wenn ich diesen verschrotten, abfackeln oder verschenken wollen würde, es meine Sache wäre, wir hätten noch den Traktor und ein anderer Wagen würde sich früher oder später sicher wieder organisieren lassen.
Stellte jedoch auch gleich unmissverständlich klar, dass Küken hier bleiben würde, denn wenn er sich

selbst in Gefahr oder umbringen wollte war das seine Angelegenheit, dass er bei diesem Risiko Susanne mitnahm, würde ich jedoch auf keinen Fall zulassen. Im Raum herrschte gerade absolute Stille, als Peter leise verlauten ließ, er sei mit meinem Vorschlag einverstanden, er würde dann jedoch zu Fuß gehen. So ein Trotzkopf. Nach einer Woche in der wir alle möglichen Leute per Funk kontaktierten, geschah ein kleines Wunder. Wir bekamen Verbindung zu einem Funker in Offenburg, der wiederum eine Verbindung zu einem Funker in Lörrach herstellen konnte, welcher sich tatsächlich dazu bereit erklärte, Peters Eltern - sofern sie noch hier an der angegebenen Anschrift waren - aufzusuchen, eine Nachricht von Peter zu überbringen, und uns Informationen zu Peters Eltern zukommen zu lassen.

Peter saß nun beinahe jeden Tag rund um die Uhr auf dem Bergkamm im Unterstand und wartete auf Informationen. Wir hatten schon die Hoffnung verloren als sich fünf Tage später der Funker - ich glaube er hieß Ralf - aus Offenburg meldete und mitteilte, dass er soeben aus Lörrach Informationen erhalten hatte. Peters Eltern ginge es gut, beide waren am Leben und gesund, würden jetzt aber in einem Vorort bei Lörrach bei dem Bruder von Peters Mutter leben. Auch sie waren erleichtert zu hören, dass Peter am Leben und wohlauf war, und drängten darauf, er solle hier bleiben wo er in Sicherheit war.

Es war unglaublich, der Funker aus Lörrach hatte sich wirklich die Mühe gemacht nach Peters Eltern zu suchen und hatte sie auch noch gefunden. Uns allen fiel ein Stein vom Herzen als wir diese Informationen hatten und Peter mitteilte, dass er erleichtert sei und nun natürlich hier bleiben würde.

Küken viel ihm in die Arme, brachte kein Wort mehr heraus und weinte hemmungslos vor Freude und Erleichterung.

Nach dem die Sache mit Peter nun geklärt war, fuhren wir - Peter, Küken, Georg und ich - nach Wolfach, genauer in den Vorort Kirnbach, wo wir mit einem Funker kontakt hatten, den wir vor dem Winter noch besuchen und gerne persönlich kennen lernen wollten. Auf der Rückfahrt von Kirnbach - mit zwölf Flaschen Schnaps im Gepäck die wir für unsere Hilfe bei der Reparatur seines Traktor bekommen hatten - nach Hause, nahmen wir einen Weg den wir noch nicht kannten um zu sehen wohin uns dieser führen würde. Wir landeten nach knapp einem Kilometer in einer Sackgasse, wo ein kleines Haus am Waldrand stand. Das kleine Häuschen war komplett geplündert und, Türen und Fenster waren eingeschlagen, alle Möbel waren zertrümmert. Man fragte sich wirklich wie dumm die Menschheit wirklich war, dass man ohne Grund ein Haus so sinnlos zerstörte und dieses nun keinen Schutz vor dem Wetter bieten konnte.

In der Garage - das Tor lag herausgerissen ein paar Meter weiter in der Wiese - fanden wir in der hinteren rechten Ecke, hinter einem Rad stehend einen Bund mit fünfundzwanzig sehr weichen Aluminiumrohren, alle etwa hundertsiebzig Zentimeter lang und mit ungefähr zwei Zentimeter Durchmesser. Wir hatten zwar keinerlei Ahnung wofür diese einmal gedacht gewesen waren, jedoch eine sehr klare Vorstellung, wozu wir diese brauchen konnten.

- Schneeschuhe -

Wir hatten uns erst vor ein paar Tagen darüber unterhalten, wie wir uns im Winter bei viel Schnee zu Fuß überhaupt noch fortbewegen konnten um auf den Berg zum Unterstand zu gelangen, auf die Jagd

gehen zu können, oder nach Hornberg kamen, wenn es mit dem Wagen kein Durchkommen mehr geben sollte.
Die Diskussion war aufgekommen, als Küken am Abend beim Essen wissen wollte, was das für seltsam gebogene Teile waren die im Stall hingen. Nadine erklärte ihr, dass es sich um Schneeschuhe handelte und wofür sie genutzt wurden. Diese sollten uns nun als Vorlage dienen. Wir nahmen den Bund Rohre mit und legten ihn hinten in den Wagen. Auf dem weiteren Heimweg zum Hof hielten wir bei jedem Auto an das verlassen auf den Straßen und Wegen herum stand, und schnitten die ganzen Sicherheitsgurte heraus, um mit diesen Gurten und den Rohren Schneeschuhe für alle basteln zu können.
Wieder zurück beim Hof nahmen wir uns meine Schneeschuhe, einen Zollstock, entnahmen die nötigen Maße und zeichneten auf einem großen Karton die nötigen Formen auf. In Folge suchten wir als erstes im Hof nach einem senkrecht und fest stehenden Rundholzträger, der den richtigen Durchmesser hatte, um hierum dann die Rohre biegen zu können. Einen solchen fanden wir bei einem Anbau wo unter anderem auch Holz gelagert war. Die große Frage war nun, wie die Rohre zu biegen waren, denn einfach so um den Träger zu drücken würde sicherlich scheitern, da Rohre die Angewohnheit hatten einfach abzuknicken. Wolfgang hatte die rettende Idee, und so gingen wir mit einem Rohr an die ersten Versuche.
Etwa hundertfünfzig Zentimeter vom Boden weg, so dass wir eine angenehme Höhe zum arbeiten hatten und auch die nötige Kraft aufbringen konnten, befestigten wir seitlich an dem Träger mit fetten

Holzschrauben ein Flacheisen - welches Wolfgang in einer Kiste im Stall gefunden hatte und das einmal zur Fixierung einer Welle oder Achse gedient hatte - mit Löchern zum verschrauben und einer passenden Biegung in der Mitte.

Wolfgang nahm sich nun das Rohr, verschloss die eine Seite mit Klebeband und füllte von der anderen Seite das Rohr mit Sand und verschloss auch diese Öffnung, schob den Anfang vom Rohr einige Zentimeter unter das Flacheisen, legte beide Hände an das Ende vom Rohr, lief einfach los und bog so das Rohr ohne zu knicken hundertachtzig Grad um das Rundholz. Wolfgang zog nun das Rohr aus dem Flacheisen, verglich sein Werk mit der Skizze auf dem Karton, nahm Maß, machte eine Markierung am Rohr und schob es mit der anderen geraden Seite wieder bis zur Markierung darunter.

Da das Rohr ja nun kürzer, die Hebelkraft kleiner war, mussten wir nun mehr Kraft für den zweiten Bogen aufbringen und zu zweit das Rohr wieder hundertachtzig Grad um den Träger biegen, wobei die Schrauben und der Holzträger mit verdächtigen Geräuschen, mit heftigem Knirschen und Knacken protestierten.

Wolfgang hatte das recht genau hinbekommen und wir strahlten vor Freude. Nun musste nur an einer Seite der Bogen noch leicht nach oben gebogen werden, damit sich beim laufen vorne weniger Schnee darauf schieben konnte und wir hatten eine gute und brauchbare Form.

Auf den sich nun mit etwa sechs Millimeter Abstand gegenüberstehenden Rohrenden entfernten wir das Klebeband, klopften und schüttelten mühsam den Sand wieder aus dem Rohr. Um den Rahmen stabil zu bekommen, schnitzten wir uns zehn Zentimeter kurze Rundholzstücke, genau passend zum inneren Rohrdurchmesser, markierten die Mitte, zogen die Rohrenden ohne das ganze zu verbiegen etwas auseinander, schoben das Holz in ein Rohrende, ließen die Rohrenden wieder los und schüttelten das Hölzchen in die andere Richtung bis die Markierung im Spalt zu sehen war.

Vorne und hinten noch ein Loch durch Rahmen und Holz gebohrt, Schrauben rein, Kleber über die Nahtstelle, und fertig war unser erster Rahmen. Nun musste das ganze noch dreizehn mal gemacht werden und dann hatte jeder von uns seine eigenen Schneeschuhe.

Die von uns aus den Fahrzeugen ausgebauten Sicherheitsgurte abzuschneiden, um den Rahmen zu legen und zu vernähen, überließen wir unseren Damen. Für die benötigten Schnallen und Riemen um die Schuhe darin in Position zu halten, mussten wir uns noch was einfallen lassen. Was sich so schnell beschreiben lässt, ging gute vier Stunden bei dem ersten Rahmen, um die restlichen Rahmen zu fertigen gingen weitere zwei Tage drauf, das eine oder andere Rohr riss beim biegen auf, oder wir hatten es falsch gebogen weil wir einen Moment nicht aufgepasst hatten. Weitere zwei Tagen vergingen bis die Gurte darauf gezogen und vernäht, Riemen und Schnallen gefertigt und angebracht waren.

So richtig zur Ruhe kam - seit März als das Chaos los ging - keiner mehr, wir standen permanent unter Anspannung. Gerade unterwegs auf Streifzügen, mit der Angst im Nacken angegriffen oder beschossen zu werden, war es psychisch schon belastend. Vor allem nach dem Zwischenfall in Gutach, wo Küken uns noch retten konnte. Aber auch zu Hause wo wir doch relativ sicher waren, konnte man nicht wirklich

abschalten, denn einer war immer auf Posten um Wache zu halten, und spätestens wenn einer von uns Nachts das Haus verließ oder betrat - ganz egal wie leise er war - schossen wir aus dem Schlaf hoch mit der Angst, es könnten Plünderer gekommen sein. Nicht viel geringer waren auch die Sorgen, genügend Lebensmittel für den nahenden Winter zusammen zu bekommen, auch die Angst, einer von uns könnte sich bei Arbeiten schwer verletzen, im Wald stürzen und sich die Knochen brechen, oder wir könnten den Hof durch einen Brand verlieren. Wenn wir uns von Touren auf den Heimweg begaben, legten wir immer wieder kurze Pausen ein und beobachteten lange die Umgebung aus Angst, dass Plünderer uns vielleicht verfolgen würden, denn keiner sollte herausfinden woher wir kamen oder wohin wir gingen.
Ende Oktober oder Anfang November als zum ersten mal Schnee gefallen war, wollten Georg und ich noch einmal nach Hornberg fahren um nach meinen Eltern zu sehen, mit einigen Leuten zu reden, die neuesten Informationen untereinander auszutauschen.
Im Sommer hatten die Einwohner von Hornberg wie auch den ganzen umliegenden Ortschaften, mit alten Traktoren und Baumaschinen die noch oder wieder funktionsfähig waren innerhalb der Stadt die Straßen frei gemacht, so dass man mit einem Fahrzeug wieder beinahe überall hin kam - einige LKW hatte man kurzerhand einfach in eine Wiese geschoben oder umgeworfen, wenn es gar nicht anders ging -, außerorts von Stadt zu Stadt wurden die Straßen und Wege nur soweit frei gemacht, dass es nur langsam in Schlangenlinien fahrend ein Durchkommen gab.
An allen Ortseingängen waren Sperren mit großen Fahrzeugen errichtet die zur Seite gezogen werden konnten, und es waren Wachen aufgestellt.

Hornberg wie auch andere Orte in der Umgebung hatten einen kleinen, aber nicht zu unterschätzenden Vorteil. Wir hatten alte Burgen. So war auf dem Schlossberg wo auch das Hotel Schloss Hornberg steht ein alter Turm der nun ständig rund um die Uhr besetzt war. Von hier konnte man die drei großen Täler nach Triberg, Hausach und Reichenbach recht gut überblicken, mögliche Gefahren und Plünderer die in Gruppen umherzogen rechzeitig ausmachen und diesen mit einem Hinterhalt entsprechend entgegentreten.

So fuhren wir, seit März wieder zum ersten mal auf den öffentlichen Straßen direkt bis zu meinem Elternhaus. Das Haus war leer, die Eltern waren verschwunden, es gab jedoch keine beunruhigenden Anzeichen wie aufgebrochene Türen oder Fenster.

Auch einige der Nachbarhäuser standen ebenfalls leer und die Hornberger die wir in der näheren Umgebung trafen konnten nur mitteilen, dass sie wohl mit anderen zusammen in einem Seitental vom Schwanenbachtal auf einem Hof sein sollten. Bei den Nachforschungen von uns bei den verschiedensten Landwirten, trafen wir sie mit ehemaligen Nachbarn zusammen auf einem der größeren Bauernhöfe an. Sie hatten sich zu einer sehr großen Gruppe mit über dreißig Personen zusammengeschlossen und waren gut versorgt.

Von hier fuhren wir dann wieder zurück in die Stadt und eine Stunde später über Waldwege nach Gremmelsbach, weil Georg noch in seiner alten Wohnung vorbei schauen wollte, ob noch etwas von seinem Hab und Gut vorhanden war. Am späten Nachmittag auf dem Heimweg über Schleichwege, sahen wir auf einer der Wiesen zwei sichtlich allein stehende, Fahrzeuge - einen älteren braunen Pickup, und einen alten grünen Unimog - stehen, hielten im Wald an, und beobachteten erst einmal.

Als sich über zehn Minuten hinweg nichts regte, keinerlei Bewegungen zu sehen waren, gingen wir vorsichtig auf die beiden Wagen zu, und nach den Reifenspuren in der Wiese zu urteilen waren diese erst vor kurzem aus dem Wald heraus hierher gefahren.

Bei den Wagen angekommen stellten wir fest, dass die Motoren noch nicht ganz abgekühlt waren, sahen erst einmal in das Innere, und hoben die Planen von den Ladeflächen an, neugierig wie wir waren. Was wir sahen, ließ uns den Atem stocken, denn auf der Ladefläche des Pickup lagen Waffen und sogar Panzerfäuste - mit Gummibändern auf dem Blech befestigt -, während sich auf dem Unimog Kisten und Karton mit Kleidungsstücken und Lebensmitteln, sowie Kraftstoffkanister befanden.

Uns war schnell klar, dass es sich um Fahrzeuge von Plünderern handelte und wollten uns schon still und leise verkrümeln bevor wir entdeckt und überfallen werden konnten, als wir hundert Meter weiter den Hügel hinab im Wald oder hinter dem Wald Schüsse und Geschrei hörten.

Da wir die Leute die dort gerade überfallen wurden nicht einfach ihrem Schicksal überlassen konnten, griffen wir uns einige der Waffen die geladen und mit vollen Magazinen vor uns lagen, entsicherten diese und gingen in Richtung des Tumultes.

Die Plünderer hatten wohl auf leichte Beute gehofft und die Leute auf dem Hof unterschätzt, die ebenfalls bewaffnet waren und Wache hielten. So traten die Plünderer - es waren drei Männer und eine Frau - den Rückzug an, und als sie aus dem Wald traten sahen sie sich - auf etwa achtzig Meter Entfernung -

ihren eigenen Waffen gegenüber. Nach kurzem zögern, als sie den Schrecken verdaut und realisiert hatten, dass ihr geplanter Fluchtweg verloren war, wurde auf uns geschossen, was wir sofort mit einigen Schüssen beantworteten. Dies veranlasste die Vier Plünderer nun zur Flucht, da sie im gleichen Moment auch wieder von hinten aus dem Wald beschossen wurden.

Einige Männer traten aus dem Wald heraus, sahen uns, registrierten jedoch gleich dass wir kein Problem darstellen würden, da wir ja die Flüchtenden im Visier hatten. Fünf der Männer - wohl die jüngeren und schnelleren - verfolgten nun die Plünderer, drei Ältere kamen auf uns zu, worauf wir die Waffen senkten und an die Fahrzeuge lehnten.

Nach kurzen Erklärungen woher wir kamen und wie wir hier in das Geschehen involviert waren, einigten wir uns darauf die Fahrzeuge und die Waffen zu teilen. So hatten wir Plünderer geplündert und zur Flucht gezwungen. Was aus ihnen wurde haben wir nie erfahren und es war uns um ehrlich zu sein auch gleichgültig, Mitleid hatten wir sicher nicht.

Auf dem Hof gab es große Augen als hinter dem bekannten Wagen von uns ein Pickup auftauchte, und völlig Baff war der Rest der Gruppe als wir ihnen berichteten was heute geschehen war, wie wir zu dem Fahrzeug gekommen waren, und anschließend die Schusswaffen und die zwei Panzerfäuste von der Ladefläche nahmen.

Wir hatten nun ein ansehnliches Waffenlager - das wir jedoch weder geplant noch gewollt hatten - aus drei Jagdgewehren, zwei kleinen Maschinenpistolen, vier Pistolen, zwei Panzerfäusten und viel Munition.

Wir hofften, dass wir diese Waffen nie benötigen würden und verstauten alle an einem sicheren Platz im Haus, waren nun jedoch auch in der Lage mit einigem das auf uns zukommen könnte, fertig zu werden und uns unserer Haut zu wehren.

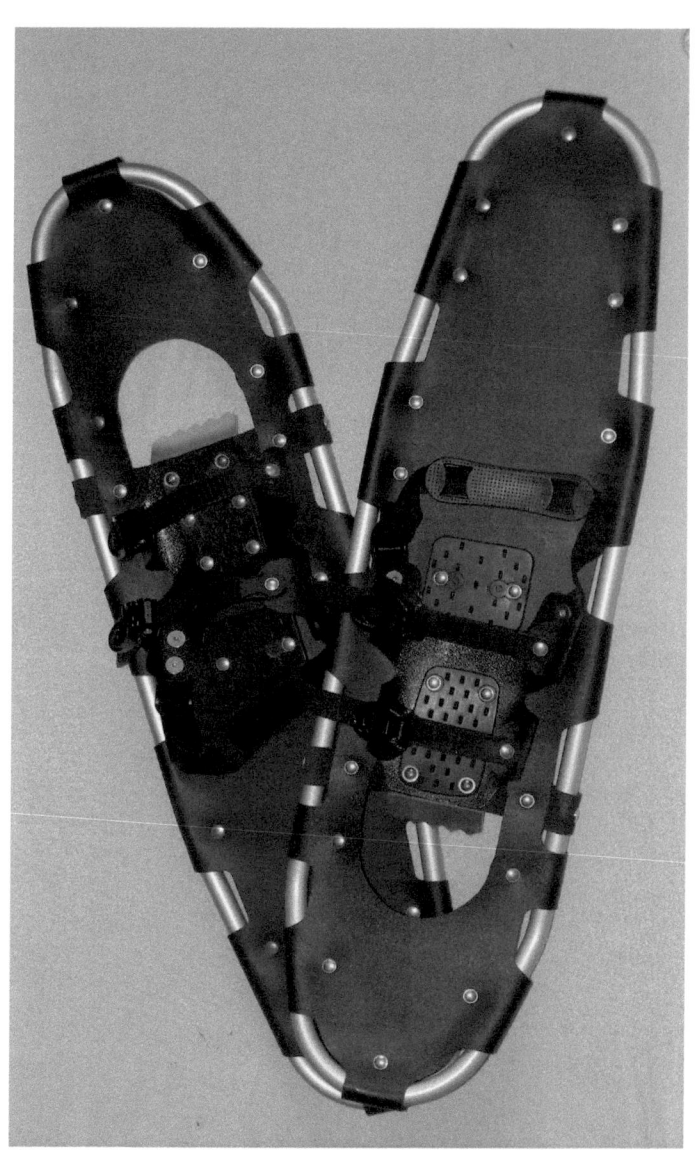

Schneeschuhe

Letzte Vorbereitungen auf den Winter

Wir waren im August, September und Oktober mehr als gut beschäftigt gewesen mit dem sammeln und ernten von den verschiedensten Beeren, Äpfeln, Pilzen, Nüssen, Kartoffeln, Karotten, Kräutern und so weiter, mit dem Einmachen von Früchten und Gurken, dem kochen von Marmelade, mit dem mahlen des Getreides, dem rösten von Nüssen und vielen anderen Dingen.
Nun war Mitte November, seit ein paar Tagen, schneite es nun fast täglich und es wurde bereits empfindlich kalt.
Wir errechneten was wir über den kommenden Winter an Fleisch benötigen würden, und einigten uns darauf, dass wir pro Person und Tag - wobei wir Hund als Person rechneten - mit zweihundert Gramm als Basis mehr als gut hin kommen sollten. Zumal man ja nicht jeden Tag Fleisch isst oder benötigt, da man auch Kartoffeln, Karotten, Teigwaren, Brot und weitere Lebensmittel hatte. Bei neun Personen - also acht Menschen und Hund - kamen wir auf einen Bedarf von tausendachthundert Gramm - gerundet zwei Kilo - pro Tag, was bei einem Monat schon sechzig Kilo waren. Einerseits gingen wir von einem Winter aus der fünf Monate - im schlimmsten Fall auch etwas länger - dauern konnte, und so wollten wir für sechs Monate rechnen. Andererseits konnte ja auch etwas verderben, also lieber etwas mehr, und so kamen wir auf ein benötigtes Minimum von dreihundertsechzig Kilo Fleisch.
Folglich vereinbarten wir noch einmal verstärkt auf die Jagd zu gehen, und zogen los. Da weder Lisa noch Nadine - ebenso wie Wolfgang und Sabine - mit Pfeil und Bogen umgehen konnten oder wollten,

blieben die zwei im Hof beim Funk und bewachten das Haus. Wir gingen in drei Zweierteam los, Georg und ich, Küken und Wolfgang sowie Peter und Sabine. So hatte jede Zweiergruppe einen Schützen der mit Pfeil und Bogen umgehen konnte, sowie einen der aufpasste - die Umgebung in Hinsicht auf Wild, aber auch Hundemeuten oder möglichen Fremden im Blick hielt - und im Falle des Erfolges auch tragen helfen konnte.

Auf Grund der schon tiefen Temperaturen und weil er ja auch nicht immer überall dabei sein konnte war Georg der Meinung, dass wir erlegtes Wild zum Hof bringen und dort in seinem Beisein ausweiden sollten, solange wir dies innerhalb einer Stunde nach dem erlegen schaffen würden, ansonsten sollten wir das besser gleich vor Ort machen wie es uns gezeigt wurde, um ein mögliches verderben des Fleisches zu vermeiden. Auch sollten wir vorsichtig sein und das Erlegte besser liegen lassen - oder ihn hinzuholen -, falls wir Veränderungen der inneren Organe feststellen, Würmer finden sollten oder uns sonst irgend etwas seltsam vor kam.

Am ersten Tag brachen wir kurz nach Mittag auf, und kamen alle am Abend, halb erfroren und mit leeren Händen zurück, noch nicht einmal Spuren vom Wild waren zu sehen gewesen. Wir beschlossen am zweiten Tag schon früh morgens los zu ziehen, uns über die Mittagszeit dann hier bei einem Essen aufzuwärmen, und zum Abend hin nochmals auf die Pirsch zu gehen. Georg und ich waren noch keine fünfhundert Meter unterwegs, als Georg knapp hundert Meter weiter ein kleines Rudel Rehe entdeckte und mich darauf aufmerksam machte. Wir waren höllisch vorsichtig und wagten kaum einen Fuß vor den anderen zu setzen aus Angst, wir könnten auf einen trockenen Ast treten der unter dem Schnee nicht sichtbar war, und dessen knacken würde dann die Rehe vertreiben.

Da uns der Wind von vorne in´s Gesicht wehte, gingen wir davon aus, dass uns die Tiere wenigstens nicht wittern konnten. Ganz langsam kamen wir näher, bei einem Abstand von etwa vierzig Meter legte ich ganz leise einen Pfeil auf den Bogen und ging ganz vorsichtig weiter, denn auf diesen Abstand traute ich mir nicht zu, sicher zu treffen. So schlich ich weitere zehn Meter an die Rehe heran, hob in Zeitlupe den Bogen, zog durch, hielt kurz, und ließ den Pfeil ab. Das Tier am Rand der Gruppe welches ich auch angepeilt hatte, sackte lautlos zusammen und die anderen Rehe reagierten noch nicht einmal darauf - die hatten wohl gedacht der Kollege habe sich zum ausruhen hingelegt -, ich spürte förmlich das Adrenalin im Körper und war völlig aufgedreht.

Obwohl ich mir einen Jubelschrei beinahe nicht verkneifen, und nur mit sehr viel Mühe unterdrücken konnte, nahm ich nun wieder ganz langsam einen weiteren Pfeil, hob den Bogen an, nahm ein anderes Tier in´s Visier, zog durch und gab nach einer kurzen Korrektur den Pfeil frei. Irgend etwas hatte die Tiere erschreckt und auf einmal rasten die Rehe davon, aber zu spät, der Pfeil hatte sein Ziel schon erreicht und es lag ein zweites Tier dort, ebenfalls mit einem Pfeil im Brustkorb. Dies war das erste mal in meinem Leben, wo ich ein Tier getötet hatte. Einerseits war ich traurig und betrübt, dass ich gezwungen war ein Tier zu erlegen, andererseits hätte ich vor Freude schreien und Luftsprünge machen können.

Georg schien sehr zufrieden mit unserer Beute und wir liefen zu den am Boden liegenden Tieren und überprüften, ob eines vielleicht noch leben war und sich quälen würde, was wir zu meiner Erleichterung ausschließen konnten. Georg nahm noch an Ort und Stelle die Tiere aus - was keine zehn Minuten ging - und band die Vorderläufe zusammen. Ich nahm meinen Bogen in die linke Hand und das kleinere der beiden Tiere am Seil der Vorderbeine in die Rechte, Georg nahm das zweite und größere Reh und so machten wir uns - die Tiere hinter uns her ziehend - auf den Heimweg.

Wir waren keine zwanzig Minuten zu Hause, präsentierten nicht ohne Stolz die zwei Rehe und hatten beide gerade aufgehängt und ausgespült, als Wolfgang mit hochrotem Gesicht und außer Atem um die Ecke kam und verkündete er brauche den Schlüssel und das Auto, denn Küken habe ein Wildschwein erwischt und das wäre zum tragen oder ziehen einfach zu schwer. Er sah die Rehe vor dem Haus hängen und ließ ein - ihr seid wohl auch erfolgreich gewesen - vernehmen. Damit Wolfgang und Küken sich nicht alleine abschinden mussten und das Tier schnell ausgenommen werden konnte fuhr Georg gleich mit, während ich die Rehe in den Keller brachte und dort an einen Haken hing, damit Georg sie später aus der Decke schlagen und an´s zerlegen gehen konnte.

Georg fuhr über die Waldwege in die Richtung, die Wolfgang angab und wo er Küken mit dem Wildschwein vermutete. Die Angaben waren so schlecht nicht, leider konnten die beiden nicht bis zu der Stelle fahren, wo die Beute lag, sondern mussten noch etwa zweihundert Meter durch den Wald marschieren, und anschließen das schwere Tier von Hand an Seilen die gleiche Strecke - leicht den Hang hoch - zurück bis zum Wagen ziehen, wobei sie sich recht gut verausgabten. Eine Stunde später war auch

diese Arbeit erledigt und sie fuhren heimwärts.
Während Georg sich nach einer kurzen Pause mit dem häuten und dem groben zerteilen der Rehe beschäftigte, holten wir das Wildschein aus dem Wagen, hingen es auf und reinigten es mit Wasser, bevor wir es zu Georg in den Keller zum zerlegen brachten. Beim Fell abziehen und zerteilen des Wildschweines halfen wir alle mit und bekamen so auch gleichzeitig noch eine Lehrstunde in der Metzgerarbeit sowie einen Anatomiekurs von Georg, was sehr lehrreich für uns war.
Ursprünglich war geplant alle Felle auf dem Dachboden mit Schnüren zwischen die Balken zu spannen, nach dem wir sie grob abgeschabt, von Fett und Fleischresten befreit und - zum trocknen und gegen Bakterien - gesalzen hatten, mit dem Gedanken, diese irgendwie gegerbt zu bekommen.
Nach dem uns Georg darauf aufmerksam machte was wir da an Arbeit vor uns hatten, und eventuell Chemikalien brauchen würden um ein gutes Ergebnis zu erhalten, verwarfen wir den Gedanken erst einmal und entsorgten die Felle wie abgezogen mit den anderen Überresten.
Das wichtigste gemacht, legten wir die Teile vom Wild erst einmal in Kisten und Fässer aus Kunststoff und verschlossen diese, damit nicht´s ungewolltes - und dazu gehörte auch Hund - an das Fleisch heran kam. Peter und Sabine kamen mit leeren Händen zurück und schienen deprimiert, da sie die einzigen waren, die nichts beigesteuert hatten. Küken verwies auf den gestrigen Tag an dem wir alle Erfolglos geblieben waren, und versuchte die beiden zu trösten in dem sie zu ihnen sagte "die nächsten Tage habt ihr sicher mehr Glück", und wir hätten uns in den wildesten Träumen nicht vorstellen können, wie recht

sie damit noch haben sollte. Nach der gröbsten Arbeit wuschen wir uns erst einmal das Blut von den Händen und Armen, gönnten uns ein anständiges Essen in der Küche und wärmten uns anschließend in der Stube auf. Zusammen mit Georg würden wir in den kommenden Tagen den Rest vom Wild zerlegen, portionieren, kochen, einmachen, trocknen, durch den Fleischwolf drehen, Speck und Bratwürste in den Rauch hängen zum räuchern, sowie den Rest in unser Kühlsystem verfrachten.

Peter und Wolfgang wollten nochmals aufbrechen und ihr Glück versuchen, bevor es Nacht wurde und zogen los. Ich gönnte mir etwas Ruhe, einen Tee und schrieb ein paar Zeilen in Form von Stichworten zu den Geschehnissen der letzten Tage auf, für unser Buch, das ich über den Winter schreiben wollte, und das unsere Gemeinschaft und unsere Erlebnisse festhalten sollte.

Es war schon dunkel als Wolfgang und Peter die Stube wieder betraten, und wir wussten im ersten Moment echt nicht, wie wir reagieren sollten. Peter hatte tatsächlich einen kleinen Erfolg. Sie waren schon auf dem Heimweg gewesen und Peter hatte keine hundert Meter hinter dem Hof im Halbdunkel einen Feldhasen erwischt.

Klar, das war nicht gerade die Menge an Fleisch auf die wir hofften, aber man sagt ja "Kleinvieh macht auch Mist", viele Hasen ergeben zuletzt ja die gleiche Menge Fleisch wie ein Reh und machten auch satt, und Hase hatten wir noch nicht im Topf und auf dem Tisch gehabt. Weshalb wir nicht wussten wie wir reagieren sollten auf diesen Erfolg lag an der Art wie das Tier erlegt und nun präsentiert wurde, und wir wollten jetzt auch nicht in Gelächter ausbrechen und Peter damit beleidigen, aber es war einfach zu komisch, und nach dem Peter nun selbst schmunzeln musste, gab es ein gemeinsames Lachen bis allen die Tränen kamen.

Als Wolfgang und Peter den Hasen sahen, hob Peter den Bogen und zog durch, visierte den Hasen an und ließ den Pfeil auch seiner Bestimmung folgen. Dummerweise hatte der Hase genau in dem Moment zwischen dem Abschuss und Einschlag des Pfeil sich gedreht und ging quasi direkt auf den Pfeil zu, so dass der Pfeil vorne in den Kopf - genau durch den Mund - ein, und hinten am Puschel wieder aus trat. Es sah aus als hätte Peter beschlossen das arme Tier nicht einfach nur zu erschießen, sondern gleich so aufzuspießen, dass es sofort auf den Grill konnte. Es half nichts, wir hatten zwar mit unserer Jagd Glück gehabt, Peters - ready to Grill - Hase kam am folgenden Tag in den Topf und wurde mit Pilzen, Karotten und Brot zu unserem Abendessen, aber die zwei Rehe und das Wildschwein reichten einfach nicht für acht Personen - und Hund - über den Winter. Also zogen wir am dritten Tag in der gleichen Konstellation wie am ersten Tag los, und was soll ich sagen? Wir waren den ganzen Tag unterwegs, mit etwas zu Essen und Trinken im Rucksack, und kamen alle Abend´s wieder zu Hause an, und hatten nichts.

Seit dem Morgen des Tages als Peter mit seinem Hasen angekommen war, war Hund verschwunden. Wenn wir zur Jagd gingen schloss er sich mal der einen, dann der anderen Truppe an, aber keiner wusste mehr so genau mit wem er an diesem Tag mit ging und wo er geblieben war. Am vierten Tage blieben wir zu Hause weil es regnete, auch weil wir deprimiert über den Verlust von Hund waren und nicht die blasseste Ahnung hatten was passiert sein konnte. Wir beschlossen am nächsten Tag bei der Jagd auch nach Hund zu suchen, wobei ich mir nicht wirklich viel Hoffnung machte, als wir vor der Tür ein lautes Jaulen vernahmen. Glücklich, dass unser Freund wieder da zu sein schien rannten wir alle gleichzeitig Richtung Haustür und blieben beinahe noch im Türrahmen der Stube stecken, weil jeder als erster raus wollte.

An diesem Tag schoss der Hund den Vogel ab, denn als wir die Haustür öffneten, saß Hund scheinbar glücklich hechelnd vor der Tür mit einem gar nicht so kleinen Reh zwischen sich und der Tür. Es schien, als habe Hund begriffen was wir brauchten und beschlossen, uns ein wenig dabei zu helfen.

Am fünften Tag zogen wir dann - bei leichtem Schneetreiben - wieder los, wieder in der gleichen Aufteilung wie an Tag eins und drei. Mittags gingen wir wie verabredet nach Hause, Wolfgang und Küken waren schon da. Keiner von uns hatte Erfolg gehabt, es war wie verhext. Wir hatten Hasen, Rehe und auch Wildschweine gesehen, kamen jedoch nie nahe genug heran um eine Chance auf einen halbwegs sicheren Schuss zu haben. Was uns an diesem Tag Sorge bereitete, waren ein halb zerrissenes Reh und Spuren die Küken und Wolfgang im Schnee gesehen hatten, und die auf mehrere Hunde hinwiesen. Wir trösteten uns gegenseitig damit, dass wenigstens genug Wild in den Wäldern war, das wir früher oder später - hoffentlich früher - noch erwischen würden.

Eine gute halbe Stunde später kamen Peter und Sabine an und wir sahen, dass die beiden auch mit leeren Händen da standen, jedoch gar nicht so wirkten als würde es Ihnen was ausmachen, dass der Tag wieder ohne Beute erlegt zu haben enden sollte. Sabine sah uns an und meinte nur ganz trocken "hat einer von Euch eine Ahnung wie wir die Kuh vom Berg bekommen?".

Wir verstanden nicht so ganz, ich dachte an den Spruch, die Redensart "die Kuh vom Eis bekommen", und bezog das eben auf den erneuten Misserfolg, verbunden mit der unausgesprochenen Frage "was nun, gibt es andere Lösungen wenn wir Nichts mehr erlegen?", als Peter meinte, nee, im ernst jetzt Leute, ich hab da oben eine Kuh geschossen und die ist einfach zu schwer zum tragen. Küken wollte wissen, weshalb sie dann nicht oben geblieben waren und uns per Funk gerufen hatten. Doch dies war recht schnell geklärt, denn bei dem Funkgerät das die beiden mitgenommen hatten, waren schlicht und einfach die Akku leer gewesen.

Wir hielten es dennoch für einen Scherz, und reagierten wohl nicht wie erwartet wurde darauf. Noch bevor wir etwas nachfragen konnten suchte Peter nach dem Schlüssel vom Traktor und wollte von mir wissen, ob man mit dem Gefährt den Hang hoch bis zum Bergkamm kommen würde. Um nicht den Traktor und Peter zu verlieren - da er mit einem solchen Gefährt kaum Fahrpraxis hatte und noch nie damit querfeldein am Hang gefahren war - erklärte ich mich bereit mit ihm hoch zu fahren, denn nun war ich neugierig geworden.

Ich konnte mir dann doch nicht vorstellen, dass er uns nur zum Spaß hoch fahren ließ und folgte den Vorgaben in Bezug auf die Richtung von Peter und ich traute meinen Augen nicht als wir ankamen. Oben auf dem Berg, auf einer kleinen Lichtung, lag tatsächlich eine komplette Kuh mit allem drum und dran wie Kopf, Beinen und Hörnern, und zusätzlich noch geschmückt mit drei Pfeilen in der Brust.

Sabine hatte in unserer Abwesenheit zwar versucht

die anderen davon zu überzeugen, dass es sich nicht um einen schlechten Scherz, sondern um die Realität handelte und sie tatsächlich eine Kuh erlegt hatten, der Erfolg war jedoch bescheiden, denn glauben konnte die anderen das irgendwie nicht, und wollten die Kuh erst sehen, denn es klang einfach zu fantastisch. Dass es aber der Wahrheit entsprach, konnten sie knapp eine halbe Stunde später selbst sehen, als wir mit dem Traktor und einer Kuh im Schlepptau hinter uns her ziehend den Hang herunter kamen. Es war einfach nur zu gut die Gesichter zu sehen beim Anblick der Kuh.

Und wieder einmal war nun Georg gefordert der seine Arbeit unter Hilfe aller recht zügig erledigte. Die Kuh wurde mit dem Traktor und einem Seil über einen großen Haken an der Wand hochgezogen, ausgenommen, gereinigt, in grobe Teile zerlegt damit wir die Stücke tragen, im Keller aufhängen, in unsere Behälter legen und stapeln konnten. Das Fleisch fertig zu portionieren, Schlund und Gedärme für Bratwürste richtig reinigen, sowie die weitere Verarbeitung wollten wir in den nächsten Tagen gemeinsam erledigen.

Das Wichtigste war getan, das Fleisch kühl gelagert, konnte reifen, und für heute hatten wir genug gearbeitet. Von uns nicht verwendbare Teile wie die Fell, Kopf, Wirbelsäule und Beinknochen brachten wir kurzerhand mit dem Wagen noch weg, damit hier um den Hof nichts liegen blieb das Tiere anlocken oder verwesen konnte, und entsorgten diese einige hundert Meter entfernt im Wald. Spät am Abend nach dem Abendessen - es gab Rinderzunge mit Nudeln, Pilzen und Soße - in der Stube am warmen Kachelofen bei einem Glas Wein und Knabberzeug, gaben Sabine und Peter noch einmal die ganze

Geschichte zum besten, wie sie genau zu der Kuh gekommen waren.

Er und Sabine waren im Zick - Zack nach Spuren suchend langsam den Berg hoch gegangen, als oben kurz vor dem Bergkamm etwas aus dem Unterholz brach, auf die beiden los ging und sie um die Bäume jagte. Wäre die Kuh geflüchtet, hätten Peter und Sabine sie wohl nicht mehr erwischt.

Nach dem allerersten Schrecken und unzähligen Ausweichmanövern, als sich die Panik gelegt - und das Hirn wieder den Normalbetrieb aufgenommen - hatte, lenkte dann Sabine das Rindvieh ab und das Interesse auf sich, während Peter - seitlich von dem Rind stehend - den Bogen spannte und auf die Kuh schoss. Bereits nach dem ersten Pfeil war diese in die Knie gegangen, lebte jedoch noch, und um das Tier nicht leiden zu lassen, schoss er noch zwei mal um das Leiden zu beenden. Mit einem Messer die Kehle durchzuschneiden wäre vielleicht auch möglich gewesen, schien jedoch auf jeden Fall zu gefährlich.

Dem Tier schien es die letzten Wochen und Monaten recht gut gegangen zu sein, denn es war alles andere als mager. Irgendwann dieses Jahr hatte sich bei irgendeinem Landwirt die Kuh davongeschlichen, oder alle Rinder waren ausgebrochen und man hatte dieses eine eben nicht mehr erwischt. Eine Kuh, die mehrere Tage alleine in der Natur lebt verwildert ganz schnell, ist meist nicht mehr in eine Herde zu integrieren, und muss dann getötet werden. Das wussten wir, und diese Kuh war recht angriffslustig gewesen.

Um möglichst keinen bis wenig Verlust bei unseren Fleischwaren zu haben beschlossen wir, nun doch die Gefriertruhe zu nutzen - die ohne Strom und dicht verschlossen unser Fleisch für etwa achtundvierzig

Stunden gefroren halten konnte - und jeden Tag für ein bis maximal zwei Stunden den Generator laufen zu lassen um Treibstoff zu sparen und trotzdem unser Fleisch sicher gefroren zu halten.
Ende November konnten wir nun rund siebenhundert Kilo Kartoffeln, fünfzig Kilo Karotten, hundert Kilo Getreide, Kisten voller Äpfel, Pflaumen, Pilze, Kräuter, Beeren, Marmelade, Butter - auf Milch mussten wir über den Winter verzichten da es kein durchkommen gab - und einiges mehr unser eigen nennen. Ebenso verfügten wir über etwas mehr als zweihundertfünfzig Kilo an eingefrorenem Fleisch, geschätzten zweihundert Kilo in Form von gut geräucherten Bratwürsten, Speck, luftgetrockneten Schinken sowie in gepökelter Form in Steinguttöpfen was sich lange halten sollte. Und dies war nur das, was wir uns selbst die letzten Monate erarbeitet, gepflanzt und geerntet, gesammelt, gepflückt und gejagt hatten. Hierzu hatten wir auch noch einiges im Keller aus meinem früheren Bestand, den wir durch unsere Streifzüge in den letzten Monaten noch erweitern und aufstocken konnten.
Wir waren - zu recht, denke ich - stolz auf uns und das, was wir erreicht hatten. Vor ein paar Wochen habe ich mit Wolfgang zusammen die Hauselektrik umgestrickt, so dass der Generator direkt das Stromnetz im Haus versorgen kann, wodurch wir auch die Möglichkeit haben über einen Fernseher und DVD - Player - ja auch sowas hatte ich gebunkert - verschiedene Filme anzusehen, den Warmwasserboiler, den Kühlschrank und die Gefriertruhe zu nutzen. Gott sei dank, blieben wir vor weiteren EMP verschont und alles funktioniert noch. Ein paar starke Strahler im und am Haus, sowie einen Radio - die Lautstärke voll aufgedreht - haben

wir direkt an das Tote Stromnetz gehängt, so dass wir es gleich sehen und hören können, sollte die öffentliche Stromversorgung wieder funktionieren. Auch das Handy steht noch immer - ständig bereit ein Signal zu empfangen - in der Solarbetriebenen Ladestation. Wir hoffen, beten fast schon, dass es irgend jemand schafft in den kommenden Monaten die Energieversorgung wieder zum laufen zu bringen, die Ordnung und Gesellschaft wieder aufgebaut werden. Die letzten Berichte die wir über Funk erhielten, lassen bei uns jedoch keinerlei Hoffnung aufkommen.

Auch jetzt zu Beginn des Winter sehen wir von Polizei und Bundeswehr in der Region nur sehr selten etwas, und wenn, halten wir uns misstrauisch im Hintergrund, denn zum einen wurde über Funk auch von kleinen Truppen berichtet die es scheinbar mit der Ordnung selbst nicht so genau nahmen, und es könnten ja auch Plünderer sein, die sich nur tarnen. Eine Polumkehrung hat nicht stattgefunden, die kommt wohl wirklich erst später, laut Kompass liegt der Norden noch immer in der gleichen Richtung wie früher.

Ein Gedanke der uns durch den Kopf geht und den wir des öfteren diskutieren: Wie wird das wohl ablaufen, sollten wir jemals wieder Strom haben? Wenn die ganzen Systeme mit Telekommunikation bei Behörden, den Banken und Versicherern wieder laufen, Fahrzeuge zur Verfügung stehen, wenn wieder Hilfe gerufen werden kann, es wieder Ansprechpartner bei Behörden und Ämtern geben wird und die Menschen dann bei den Versicherungen ihre Schäden melden möchten.

Wie wird das dann wohl zu regulieren sein?

Wird seitens der Regierung per Gesetz / Verordnung

mit der Begründung einer Ausnahmesituation einfach alles vom Tisch gewischt, oder würden die Versicherer mit der Begründung "die letzten Beitragsprämien wurden ja nicht mehr bezahlt, weshalb wir aus der Haftung raus sind" kommen?
Fangen wir bei Null an als wäre nichts gewesen ?
Lässt sich solch ein Elend überhaupt regulieren ?
Wie sollen sich die Menschen wieder in die Augen blicken können und aufeinander zugehen, die sich in den letzten Monaten gegenseitig bestohlen und betrogen haben um überleben zu können ?
Auch die rechtliche Aufarbeitung des Geschehens mit den diversen Klagen und Anzeigen aus der Bevölkerung wegen den ganzen Körperverletzungen, Diebstählen, Brandstiftungen, Morden und so weiter dürfte entsprechend Probleme mit sich bringen.
Wie viele Jahre - oder eher Jahrzehnte - wird es dauern bis aufgeräumt, unsere Gesellschaft wieder aufgebaut, die Infrastruktur grob hergestellt und wenigstens wieder einigermaßen funktionsfähig ist, und wir in das von früher gewohnte Leben zurückkehren können?
Nach dem was wir hier selbst erlebt haben, von Menschen erfuhren die wir trafen und nach den vernommenen Geschichten über Funk gehen wir aktuell davon aus, dass im nächsten Frühjahr die Bevölkerung nur noch halb so groß sein wird - wenn überhaupt - wie zu Beginn des Jahres. Es werden sicher noch sehr viele in den kommenden Monaten auf Grund der Witterung, dem Mangel an Nahrung, an Krankheiten, Unfällen und der Gewalt zum Opfer fallen.

Für die Wochen und Monate über den Winter planen wir Vorbereitungen für das kommende Jahr zu treffen, wollen die Werkzeuge die im laufe des Jahres zu Bruch gegangen waren reparieren, möchten diverse Pläne und Listen machen, ein kleines Gewächshauses zur Aufzucht von Setzlingen mit Saatgut für das kommende Frühjahr fertigen. Wir werden uns sicher viel über das unterhalten, was wir durchgemacht haben, Spiele spielen und es uns einfach nur gut gehen lassen.

Das Schicksal ist ein launisches Ding (ein kleines Miststück), da musste ich ein halbes Jahrhundert hinter mich bringen um eine Frau zu treffen die mich mochte so wie ich war, in einer Situation die man sich nicht einmal hätte ausdenken können.

Und ich glaube auch Georg und Lisa kommen sehr gut miteinander aus. Da Küken ihren Peter hat, Wolfgang und Sabine ein Ehepaar sind, brauchen wir jetzt vier große Zimmer, deren Ausbau wir ebenfalls in Angriff nehmen werden.

Rehbock mit Geiß, einige mussten ihr Leben lassen

Was auch noch kommen mag

Es ist kalt geworden, wir haben jetzt wohl Mitte bis Ende Dezember, seit Wochen fällt Schnee, es liegen schon gute hundert Zentimeter, die Wolken werden immer größer, finsterer und verkünden noch viel mehr Schnee.
Über den Sommer, ohne viel Verkehr, Arbeitende Maschinen und den sonstigen, früher gewohnten Aktivitäten in unseren Wäldern, kam wohl ganz unbemerkt mindestens ein Wolfsrudel - woher auch immer - bis zu uns in den Schwarzwald. Gelegentlich können wir mit dem Fernglas in der Ferne etwa fünf bis sechs Tiere am Waldrand sehen und manchmal auch hören.
Draußen wird es Nacht, wir sitzen in der warmen Stube beim Abendessen. Peter und Küken sind irgendwo oben auf den Bergkämmen, halten Wache, und verfluchen uns sicher schon, weil wir sie noch nicht abgelöst haben - sie sind schon länger ein Paar und glauben wir wüssten es nicht -.
Also ziehen Georg und ich uns an, dicke warme Bekleidung, warme Handschuhe, schnappen uns Funkgeräte, Lampen, Thermoskannen voll heißem Tee, ein paar selbstgebackene Kekse sowie die Schneeschuhe, und machen uns auf den Weg. Wir haben keine Ahnung welches Datum genau man schreiben würde, denn wir haben das Zeitgefühl nach Tagen, Wochen und Monaten verloren, und keiner von uns hat sich die Mühe gemacht irgendwie die vergangene Zeit festzuhalten. Die Zeitmessung von früher ist unwichtig geworden, es gelten nun andere Regeln.

Die Gruppe hat beschlossen, dass die nächsten Tage Weihnachten sein soll, uns ist einfach danach zumute. Wir möchten eine kleine Tanne holen und diese schmücken, um uns daran zu erfreuen. Gerne würden wir auch Neujahr feiern und Silvesterraketen los lassen, aber das - die Raketen - verkneifen wir uns aus Gründen der Sicherheit und der Moral.

Die Vorräte an Lebensmitteln und Brennholz sollten uns gut auch über einen langen Winter bringen und auch für die Tiere ist ausreichend gesorgt, aber es darf auch nicht zu viel verloren gehen, und unsere Gruppe darf auch nicht größer werden, was jedoch in Anbetracht des Schnee unwahrscheinlich scheint.

Wenn es so weiter schneit wie wir glauben und hoffen, können wir auch vorerst die täglichen 24 Stunden Wache einstellen und zur Ruhe kommen. Keiner wird sich durch die zwei Meter Schnee die bald liegen werden durch die Berge kämpfen, und wenn doch, dann nur mit schwerem Gerät und das würden wir frühzeitig hören in der Stille, die sich über das Land gelegt hat. Wir haben seit es begann zu schneien auch keine Menschen mehr gesehen oder gehört.

Wir hoffen nun auf ein paar ruhige Monate in denen wir das Geschehene verarbeiten und uns auf den Frühling vorbereiten können, und darauf, dass keiner von uns ernsthaft Krank wird oder sich schwer verletzt. Vielleicht erfahren ja in den kommenden Wochen noch die wahre Lebensgeschichte von Susanne.

Wenn ich jetzt noch nach etwas Positiven in diesem ganzen Wahnsinn suchen müsste würde ich sagen: Hier haben zufällig acht Menschen zusammen - gefunden die Glück hatten, aufeinander Vertrauen, ihre Menschlichkeit nicht verloren haben, welche bedingungslos zueinander stehen, die Hoffnung nicht aufgegeben haben und auch nicht aufgeben werden. Unser Küken wird bald Mutter - man kann es schon sehen - und das Leben geht weiter. Wir hatten richtig Glück, dass uns das Schicksal am Anfang eines Jahres und nicht am Ende zu Beginn eines harten Winters auf die Probe stellte. Ach ja, und mangels Klimmstengeln musste ich tatsächlich das Rauchen aufgeben und fühle mich viel besser.

- Ende -

Wintermorgen

Nackte Tatsachen

Ich möchte hier keine Ängste schüren oder Endzeitstimmung aufkommen lassen, jedoch zu intensivem Nachdenken anregen, ob wir nicht schon zu viel verlernt haben, zu Abhängig sind von der Technik, und ob wir uns nicht durch unsere Lebensweise in falscher Sicherheit wiegen, uns selbst einlullen und etwas vor machen, was uns zum Verhängnis werden könnte. Sollte die Natur einmal schräg drauf sein, sind wir absolut machtlos und haben nichts dagegen zu setzen. Wir bringen unseren Kindern alles mögliche bei, und solange diese online sind, könnte man sogar fast glauben sie haben alles im Griff, aber fragen Sie doch mal die Jugend in den Städten, wann was wo in der Natur wächst und was essbar ist, wann kann etwas angebaut und wann geerntet werden? Womit kann man Verletzungen behandeln, Schmerzen lindern, wo Pflanzen mit antibiotischer Wirkung finden? Welche Nahrungsmittel enthalten Jod oder Insulin? Ich könnte die Liste jetzt endlos lang machen. Und bevor Sie jetzt ihre Kinder, Freunde und andere Personen - oder sich selbst - befragen, nehmen Sie ihnen zuvor das Smartphone oder Tablet ab, die Antwort soll aus dem Gedächtnis und nicht aus dem Internet kommen. Bei grob geschätzt der Mehrheit, wird man kaum eine richtige Antwort erhalten.
Wir sind gewohnt zu jeder Jahreszeit alles möglich frisch kaufen zu können, auch außerhalb der für die Regionen gültigen Erntezeiten. Wie wäre es denn mit etwas praktischem Unterricht in den Schulen? Computerspiele, wo die Kinder durch die Natur streifen und spielerisch experimentieren können ohne sich zu vergiften?

Die Schule sollte eigentlich die Kinder auf das Leben vorbereiten, nach neun Jahren und mehr Unterricht können sie Fremdsprachen und höhere Mathematik, die wenigsten jedoch sind dazu in der Lage ein Überweisungsformular auszufüllen, oder nur einen Versicherungsvertrag zu lesen und zu begreifen, es wird zu einfach zu viel Sinnloses gelehrt.

Denken Sie doch nur einmal an eine Situation die Sie sicher selbst schon erlebt haben. Man hatte ein langes Wochenende vor sich, vielleicht Weihnachten, nur vier Tage am Stück, alle deckten sich mit den benötigten Lebensmitteln ein - und kauften eventuell etwas mehr - da man ja nicht weiß wer überraschend noch zu Besuch kommt.

Und Sie haben das verpennt, gehen in sprichwörtlich letzter Minute noch zum Discounter und stellen mit Entsetzen fest, dass die Regale recht leer geworden sind und vieles von dem was Sie kaufen wollten, nun nicht mehr zu haben ist. Und glauben Sie mir, die Discounter haben sich auf diese Situation im Vorfeld vorbereitet und entsprechend mehr geordert als sonst.

Haben Sie schon einmal den normalen Lieferverkehr an einem durchschnittlichen Supermarkt beobachtet? Da kommen täglich unzählige Kleintransporter, LKW und auch Sattelschlepper mit Lebensmitteln um neue Waren zu liefern.

Jetzt stellen Sie sich vor, ein solches Ereignis wie in meinem Roman beschrieben tritt wirklich ein, die Geschäfte haben nur die Menge in den Regalen und am Lager, für eine völlig normale Wochenplanung. Und nun fangen alle an zu Hamstern und der Kampf beginnt wirklich, und so wie ich die Menschen kenne, würde dies sehr wahrscheinlich noch viel schlimmer als von mir beschrieben ablaufen.

Folglich wären vermutlich innerhalb weniger Tage alle Geschäfte leergefegt bis auf die letzten Krümel, und Nachschub gibt es keinen mehr.

In meiner Geschichte habe ich angenommen, dass uns das Ereignis zu Beginn eines Jahres überrascht, das Wetter schon gut ist, die Temperaturen steigen und wir uns wenigstens schon in der Natur bedienen, anschließend etwas anbauen und uns so auf den nächsten Winter vorbereiten können.

Was, wenn uns solch ein Blackout im November zu Beginn eines langen, schneereichen und recht harten Winter treffen würde?

Wie lange würde es gehen, bis die Ersten um nicht zu erfrieren in ihrer Wohnung offenes Feuer machen (gab es alles schon) und dann ersticken oder das Haus, und vielleicht sogar die ganze Nachbarschaft gleich mit abbrennen?

Keine moderne Zentralheizung funktioniert ohne Strom für den Brenner, die Steuerung, die Pumpen, Förderschnecken und so weiter.

Selbst wenn mehr Fahrzeuge und Generatoren als geschildert überleben würden, gäbe es wohl kaum Treibstoffe an den Tankstellen für die normalen Bürger. Und zwar nicht wegen dem Blackout selbst, sondern weil die vorhandenen Treibstoffe dann für Polizei, Feuerwehren, THW, Bund und wie sie alle heißen mögen, reserviert sein dürften. Ich kann mir sehr gut vorstellen, dass die Tankstellen dann von Bewaffneten bewacht und geschützt werden, die sich auf keine Diskussion einlassen.

So, und nun nehmen wir einmal die rosarote Technikbrille ab und blicken einigen nackten Zahlen in die Augen.

Nach den Informationen die man auf Nachfrage von Behörden und Institutionen bekommt, und man sich im Internet zusammensuchen kann, sieht eine grobe Rechnung in etwa wie folgt aus:

Organisationen in Deutschland:

THW ca. 80.000 Mitglieder
DRK ca. 4 Millionen Mitglieder
DLRG ca. 1.300.000 Mitglieder
Feuerwehren ca. 1.350.000 Mitglieder
Bundeswehr ca. 200.000 Männer / Frauen
Polizei ca. 250.000 Männer / Frauen

Grob gerechnet also maximal 7.200.000 Menschen in der Bundeswehr, der Polizei und Hilfsdiensten nach offiziellen Zahlen.
Hier kann man nun getrost einmal mindestens 10 % abziehen für Jene, die in mehrere Organisationen tätig sind und deshalb auch mehrfach gerechnet / aufgeführt wurden, oder die noch in einem Verein, der Feuerwehr gemeldet, jedoch nur noch passives Mitglied sind.
Bleiben also noch maximal 6.480.000 mögliche Helfer (die sich nicht mehr organisieren können). Hiervon entfallen etwa 20 %, die sich zur Zeit des Geschehens im Ausland bei Einsätzen und / oder im Urlaub aufhalten und nicht zur Verfügung stehen. Verbleiben noch ganz grob 5,2 Millionen potentieller Helfer.
Ich könnte jetzt spekulieren wie viele davon noch krank werden, durch alles mögliche um´s Leben kommen, schon gar nicht zur Verfügung stehen weil sie bei ihren Familien bleiben, aber dann müsste ich diese Zahlen der Fairness wegen auch bei dem Rest

der Bevölkerung abziehen. Spare ich mir das könnte man annehmen, dass etwa 5 Millionen möglicher Helfer für 75 Millionen der restlichen Bevölkerung zur Verfügung stehen könnten, und das ohne jegliche Kommunikation.

Das ließt sich ja noch recht gut, davon ausgehend, dass alle friedlich miteinander umgehen würden. Aber jede Münze hat zwei Seiten, und wir haben ja noch Zehntausende in radikalen Gruppierungen, Rockerbanden, kleinen Gang's, Einzelgängern........ Hunger, Angst und Verzweiflung machen selbst die friedlichsten Mitmenschen unberechenbar.

Bislang haben wir die großen und bekannten Organisationen berücksichtigt. Aber nehmen wir diese aus der Gleichung heraus und vermuten einfach einmal - da ja auch keine Naturkatastrophen wie Überschwemmungen, Erdbeben etc. vorliegen und die Menschen von THW, Feuerwehr, DLRG, DRK mit ihren eigenen Problemen zu kämpfen haben -, dass wir keine 5,2 Millionen potentieller Helfer haben, sondern nur Polizei und Bundeswehr das Chaos verhindern / eindämmen sollen. Dann haben wir (kräftig) aufgerundet 500.000 Soldaten und Polizisten. Lassen wir alle mal Gesund sein, keiner verstirbt und alle kommen irgendwie zum Dienst, dann sollen ernsthaft diese Personen rund 81 Millionen leiten, lenken und betreuen? Verbrechen bekämpfen im absoluten Chaos, ohne Fahrzeuge, Funk oder Telefon?

Ahnen Sie schon wie das ausgehen würde ?

Diese Polizisten und Soldaten hätten keine Chance, selbst wenn nur 10 Millionen der Bevölkerung als Plünderer unterwegs sein würden, hätte jeder Polizist und Soldat 20 Mann gegen sich.

Und suchen oder rufen Sie jetzt nicht nach Verantwortlichen in der Politik, auch diese sind hier machtlos, denn ein solches Ereignis lässt sich nicht politisch regeln. Die Ordnung beginnt bei uns, in unseren Köpfen, unserem Verhalten und unserem Umgang mit den Mitmenschen.

Es muss ja nicht einmal der schlimmste Fall eintreffen, lassen Sie doch die Technik wie Autos funktionieren, aber warum auch immer fällt, vielleicht durch einen heftigen Eisregen im Winter, Bundesweit der Strom für einige Wochen aus, das Stromnetz kann wegen des Wetter und der Anzahl der Schäden nicht zeitnah repariert werden, und Sie können wegen Schnee und Eis auch nicht weg um etwas einzukaufen. Was dann? Glücklich sind dann jene dran, die sich für eine gewisse Zeit zu Hause einigeln können ohne hungern zu müssen.

Mit geringem Aufwand an Zeit und Kosten kann man sich ein gewisses Maß an Sicherheit schaffen.

Ein einfaches Beispiel:

Zwanzig Dosen mit Ravioli, Spaghetti, verschiedene Eintöpfe, zehn Dosen mit Gemüse, Ananas und Pfirsichen, ein paar Pack Zwieback, Knäckebrot, einen mechanischen Dosenöffner. Das alles benötigt nicht viel Platz, kostet im schlimmsten Fall dreißig Euro pro Person, und Sie können damit zur Not vier Wochen und noch länger überleben. Haben sogar Abwechslung beim Essen, Obst und Flüssigkeit falls Wasser rar ist, es kann zur Not auch kalt gegessen werden da es schon vorgekocht ist.

Und kommen Sie mir jetzt nicht mit "ich habe einen großen Gefrierschrank oder eine Geriertruhe" die voll ist. Klar haben Sie das, glaube ich ihnen unbesehen sofort, aber je nach Inhalt können Sie es sich nicht einmal zubereiten, weil Herd und Mikrowelle nur mit

Strom funktionieren, manche Lebensmittel sind auch nur dann brauchbar, wenn man über genügend Wasser und eine Kochstelle verfügt. Im Sommer, je nach Inhalt und Temperaturen, können Sie das dann gar nicht so schnell essen wie der Inhalt bei einem Stromausfall auftaut und anschließend vergammelt. Gefriergetrocknete Nahrung ist auch nur nutzbar wenn Wasser vorhanden ist, ansonsten nicht zu gebrauchen.

Wenn man sich vor Augen führt wie "normale" Menschen zu normalen Zeiten schon aufeinander los gehen ohne sich zu kennen, ohne jegliche Streiterei im Vorfeld, bei irgendeinem Schlussverkauf an einem Krabbeltisch - wo man sich gegenseitig die Ware aus der Hand reist und aufeinander einschlägt - , wie soll das dann erst werden wenn es um wichtigere Dinge geht wie Socken im Sonderangebot oder einen günstigen Flatscreen ?
Oder wenn wie Mai 2016 in Bayern geschehen, nach einem Unwetter Ortschaften keinen Strom mehr haben. Während die Menschen mit aufräumen beschäftigt, Feuerwehr, THW und Polizei vor Ort waren, kamen innerhalb 24 Stunden schon die ersten Plünderer aus ihren Löchern gekrochen um das Durcheinander zu nutzen. Wie wird das wohl sein wenn einmal richtiges Chaos herrscht und keine Sicherheitskräfte mehr gerufen werden können?
Auch hier können Sie gerne in sich selbst schauen und sich an die eine oder andere Begebenheit aus ihrem Leben erinnern, wo Sie mit irgend jemanden in Streit geraten sind und am liebsten kurzerhand mal "rüber gelangt" hätten.

Was hat Sie gebremst ? Wahrscheinlich die Vernunft in Form des Gedanken " wenn ich dem jetzt eine verpasse, dann verklagt er mich, gibt nur Ärger, kann teuer werden und vielleicht bin ich dann sogar noch vorbestraft". Aber wenn keine Polizei mehr zu Hilfe gerufen werden kann, keine Anklage droht, was soll einen noch davon abhalten zuzuschlagen, bevor der Andere es tut ?

An die ganzen Freizeitgauner, Irren, Perversen oder Pädophilen die sich jetzt aus Angst vor Polizei und Justiz noch zurückhalten und dann ihre Chance wittern, möchte ich gar nicht denken.

Nachwort

Wir sollten für all die digitalen und automatischen Systeme immer noch manuelle, mechanische und analoge Systeme als Backup bereithalten.
Und solange die Natur mit uns nicht gleich zieht und mindestens alle hundert Meter störungssichere Energiebäume mit genormten Anschlüssen sowie Füllhörner mit Lebensmitteln wachsen lässt, dürfen wir als Menschen die Grundlagen des überlebens nicht verlernen.

Möge das Licht mit Ihnen sein

Über den Autor

Geboren 1965 in Hornberg im Schwarzwald wo er bis zum Alter von 27 Jahren aufwuchs und lebte, bevor er 1992 Richtung St. Georgen zog, wo er sich bis heute aufhält. Nach einer handwerklichen Lehre arbeitete er in verschiedenen Berufen und ist heute Unternehmer. Er begann 2010 mit dem Schreiben mehrerer Bücher. Erstes veröffentlichtes Werk ist der Roman "Tage des Undenkbaren"

Platz für ihre Notizen:

Impressum

Bibliografische Information der Deutschen Nationalbibliothek:
Die Deutsche Nationalbibliothek verzeichnet diese Publikation in der Deutschen Nationalbibliografie; detaillierte bibliografische Daten sind im Internet unter http://dnb.dnb.de abrufbar.

© 2016 M.R.B.

Herstellung und Verlag:
BoD – Books on Demand, Norderstedt.

ISBN: 9783741265778

MIX
Papier aus verantwortungsvollen Quellen
Paper from responsible sources
FSC® C105338